TODO LO SABÍA

Todo
lo
Sabía

David de Lara

Círculo Rojo
EDITORIAL

Primera edición: agosto de 2025

Depósito legal: AL 5869-2025

ISBN: 979-13-7016-975-6

Impresión y encuadernación: Editorial Círculo Rojo

© Del texto: DAVID DE LORO
© Maquetación y diseño: Equipo de Editorial Círculo Rojo

Editorial Círculo Rojo
www.editorialcirculorojo.com
info@editorialcirculorojo.com

Impreso en España — Printed in Spain

Agradecimientos

Todo lo sabía no es solo una novela. Es una necesidad.

Una historia que llevaba tiempo latiendo dentro de mí, nacida de la observación, del dolor ajeno y de una cercanía muy íntima con el mundo adolescente que vivo a diario a través de mi hijo.

Ser padre me ha permitido ver desde dentro los miedos, las dudas, las emociones contenidas y las contradicciones que viven los jóvenes en silencio. Esta obra es, en parte, un intento de tender puentes entre lo que no se dice y lo que urge gritar. Porque hay verdades que duelen, pero más duele no enfrentarlas.

Gracias a ti, David, hijo, por ser mi inspiración constante. Por mostrarme lo que significa crecer en un mundo que a veces no perdona ni escucha. Gracias por enseñarme sin quererlo a mirar con más profundidad y empatía.

Gracias a mi familia. A Yaiza, mi pareja, que siempre está, que cree, que impulsa. Gracias por sostenerme en cada proyecto, incluso cuando parece una locura más. Este libro también es vuestro.

Gracias a quienes han confiado en mí desde mis inicios como fotógrafo, director y soñador empedernido. Este libro es solo el principio de algo más grande. Porque *Todo lo sabía* no acaba en estas páginas: es un proyecto que aspira a llegar al cine, a plataformas, a todas aquellas pantallas donde pueda abrir conciencias, remover entrañas y dar voz a los que no la tienen.

Gracias, lector, por atreverte a entrar en esta historia. Ojalá algo dentro de ti no vuelva a ser igual después de leerla.

David de Loro

Todo lo sabía,

DE DAVID DE LORO

Tema central:

Seis jóvenes menores de entre catorce y dieciséis años viven situaciones límite que los hacen enfrentar una dura realidad: no lo sabían todo. El dolor, el amor, la muerte, la presión social y la ausencia familiar les demostrarán que crecer duele , pero no están solos.

Capítulo 1 -

ELLOS CONTRA EL MUNDO

A Hugo no le gustaba volver a casa.

Cada vez que cruzaba la calle que lo llevaba hasta el bloque gris donde vivía, el cuerpo se le encogía. Podía ser el cansancio, el frío o el miedo. Aunque él diría que era costumbre. Una costumbre amarga.

Aquella noche, sin embargo, no volvió. Se quedó en el parque, bajo la farola rota, esperando a Irene. Ella llegó como siempre: con paso firme, mochila colgada y esa mirada que a veces parecía verlo más de lo que él mismo se permitía ver.

—¿No has cenado? —le preguntó ella, sentándose a su lado.

Hugo negó con la cabeza. No hacía falta explicar. Si había comida en casa, su padre se la había comido. Y si no, tampoco importaba.

—Tengo un bocata —dijo Irene, abriendo la mochila—. La mitad es tuya.

Él quiso negarse, pero no dijo nada. Cogió la mitad y dio un bocado. Sabía a pan duro y cariño.

—¿Crees que todo esto algún día cambiará? —susurró él, sin mirarla.

Irene se quedó en silencio. No porque no tuviera respuesta, sino porque esa pregunta no la esperaba tan pronto.

—Sí. Cambiará. Pero tienes que aguantar, ¿vale?

Hugo la miró entonces. Por un momento, sus ojos no parecían los de un chico de dieciséis años, sino los de alguien que había vivido demasiado.

Pero, aun así, sonrió.

—Cuando estoy contigo, aguantar es más fácil.

Ella se inclinó y apoyó la frente en la suya. No se dijeron nada más. No hacía falta. En ese rincón del mundo donde nadie los buscaba, eran ellos. Sin etiquetas. Sin juicios. Sin preguntas.

Solo ellos. Contra el mundo.

—¿Y si nos fuéramos? —dijo Irene de repente, rompiendo el silencio.

—¿A dónde?

—No sé. A otro sitio. A uno donde nadie nos conozca. Donde podamos empezar de cero.

Hugo soltó una risa corta, sin alegría.

—Yo ya empecé de cero demasiadas veces. No queda mucho de mí para seguir reiniciando.

Ella frunció el ceño. No le gustaba cuando hablaba así, como si no tuviera futuro. Como si lo que vivía no fuera vida, sino espera.

—Eres mucho más de lo que crees, Hugo. Pero estás tan acostumbrado al dolor que ya no sabes verlo.

Él apartó la mirada. No estaba acostumbrado a que le hablaran con ternura. Con verdad.

—A veces pienso que si no te hubiera conocido, ya habría desaparecido. Así, sin más. Como mi madre.

Irene se quedó quieta.

—¿Nunca hablas de ella?

—No la recuerdo. Solo sé que murió cuando yo era muy pequeño. Me contaron que era buena, pero eso no significa nada cuando el recuerdo es una sombra. Después vino la casa de acogida, y luego él.

No dijo «mi padre». Solo «él». Como si usar la palabra *padre* fuera demasiado.

—¿Y no tienes a nadie más? —preguntó ella.

Hugo negó.

—Solo a ti.

Esas palabras se clavaron en el pecho de Irene como un ancla. No porque la halagaran, sino porque comprendió la responsabilidad que venía con ellas.

—No quiero que dependas de mí —le dijo, bajando la voz—. Quiero que dependas de ti.

Él la miró.

—Estoy aprendiendo. Pero todavía no sé cómo.

Ella lo abrazó. Lo hizo fuerte. Como si el mundo se fuera a romper en pedazos si lo soltaba.

Esa noche no se fue a casa.

Durmieron bajo el porche de una caseta abandonada, tapados con la chaqueta de ella, compartiendo calor y miedo. Él temía volver al infierno del que venía. Ella temía perderlo en algún momento.

Ambos sabían que estaban caminando sobre una cuerda floja. Pero también sabían que si caían , lo harían juntos.

El sol aún no había salido cuando Hugo abrió los ojos. Irene dormía a su lado, enroscada en sí misma, con la respiración tranquila. La chaqueta que compartían había resbalado un poco y dejado sus piernas al descubierto. Él la cubrió con cuidado, como si el más mínimo movimiento pudiera despertarla.

Se quedó mirándola unos segundos. Quería grabarse esa imagen. La paz. La calma. El único momento del día en el que todo parecía posible.

Pero tenía que irse.

No podía dejar que ella lo viera en el estado en el que su padre solía estar por las mañanas.

Se levantó con cuidado, estiró el cuello entumecido por el frío y caminó por las calles aún vacías. A esa hora, solo los barrenderos y algún que otro repartidor rompían el silencio. En el fondo, le gustaba esa calma sucia de la ciudad medio dormida. Era lo más parecido a la normalidad que conocía.

Al llegar al portal, dudó.

El miedo no venía de que su padre estuviera despierto.

El miedo venía de que lo estuviera… o, peor, de que no. De que se lo encontrara tirado en el suelo, borracho o, peor aún, sin pulso. Lo había pensado muchas veces. Nunca lo decía.

Subió las escaleras con pasos lentos. El ascensor llevaba roto desde hacía meses. Llegó al tercero y empujó la puerta despacio.

No estaba cerrada con llave. Mala señal.

El olor a alcohol le golpeó antes incluso de entrar. Era denso, agrio. Se colaba por la garganta y le dejaba un regusto amargo.

—¿Papá?

Nadie respondió.

La tele estaba encendida, el volumen al mínimo. Un canal de teletienda ofrecía cuchillos milagrosos mientras la figura de su padre permanecía hundida en el sillón, con la cabeza ladeada y una botella vacía en la mano.

—Joder —susurró Hugo.

Cerró la puerta con cuidado. No quería que despertara. No quería discutir. No quería oír los gritos, ni las acusaciones, ni ese «me arruinaste la vida» que soltaba cuando estaba demasiado borracho para recordar que era al revés.

Entró a su habitación, una especie de trinchera donde las paredes tenían más grietas que fotos. Se quitó las zapatillas y se dejó caer en la cama sin deshacerla. Cerró los ojos.

Quiso dormir.

Quiso desaparecer.

Quiso volver al parque, con Irene, donde todo parecía sencillo.

Pero no podía.

Porque, al final del día, por mucho que lo soñaran, **no era ellos contra el mundo**.

Era él.

Solo él.

Contra todo.

Capítulo 2 -

EL CHICO PERFECTO

Bruno era el tipo de chico al que todos admiraban. Capitán del equipo de fútbol, sonrisa fácil, notas decentes. A donde fuera, llevaba detrás un eco de respeto, envidia o deseo. Los profesores lo felicitaban. Las chicas lo miraban. Y los chicos querían ser como él.

Pero lo que nadie veía —lo que nadie quería ver— era cómo Bruno empezaba a romperse.

Todo empezó con una frase, una sola.

—Irene y yo lo hemos dejado.

Lo dijo un lunes, en el vestuario, con una mueca que parecía indiferente. Nadie le creyó. Pensaron que era otra pelea más, de esas que duran un par de días. Pero no era así. Esta vez era distinto. Ella no volvió a buscarlo. Y lo que es peor: **estaba con otro**.

Con Hugo.

Bruno se enteró por terceros. Ni siquiera Irene le dio la cara. Ni una explicación. Solo el silencio.

Durante los primeros días, lo negó todo. Fingió. Hizo como si no pasara nada. Se reía más alto de lo normal. Entrenaba más fuerte. Subía fotos a redes con frases vacías sobre la libertad, el amor propio, la «mejor versión de uno mismo».

Pero por dentro algo se había roto.

Irene era más que una novia. Era su refugio, la que lo había visto llorar una vez —solo una— cuando su hermano mayor se fue del país sin despedirse. Era la única que sabía que en su casa las cosas no eran tan perfectas como todos creían.

Y ahora ya no estaba.

Una tarde, después del entrenamiento, se sentó solo en las gradas. El campo ya estaba vacío, el sol bajaba, y en su cabeza no había más que un bucle de escenas: Irene sonriendo, Irene con Hugo, Irene alejándose.

Sintió algo raro en el pecho. Algo como presión. Como rabia. Como tristeza, pero disfrazada de furia.

Sacó el móvil. Escribió un mensaje.

Lo borró.

Escribió otro.

Lo volvió a borrar.

Abrió su galería. Fotos con Irene. Decenas. Cerró el móvil y lo tiró al césped con fuerza.

No lloró. No todavía. Pero algo dentro de él se volvió más frío.

Bruno llegó a casa justo cuando anochecía.

La puerta del salón estaba entreabierta y se oía el murmullo del telediario. Entró sin hacer ruido, intentando pasar desapercibido. Pero su madre lo vio.

—¿Otra vez tan tarde? —preguntó sin mirarlo, con los ojos aún fijos en la pantalla.

—Entrenamiento —dijo él, dejando la mochila en el suelo.

—¿Has comido algo?

—Sí.

Mentira. No había comido nada desde el bocadillo del recreo, pero no tenía hambre. Solo un nudo constante en el estómago.

—Tu padre está en la oficina. Quería hablar contigo —añadió su madre, en tono seco—. Dice que últimamente estás distraído. Que te nota flojo.

Bruno no respondió. No quería hablar con su padre. Ni con nadie. Solo quería que lo dejaran en paz. Subió las escaleras de dos en dos, cerró la puerta de su cuarto y se dejó caer en la cama.

Encendió la música. Algo lento. Triste. De esos temas que te ayudan a tocar fondo sin darte cuenta.

Se quedó mirando el techo.

Todo el mundo lo miraba como si tuviera la vida resuelta.

Pero lo único que sentía últimamente era vacío.

Vacío y rabia.

Rabia por haberla perdido.

Rabia por no haberla visto venir.

Rabia por no haber sido suficiente.

Agarró el móvil otra vez.

Vio una historia de Irene.

No estaba sola.

Era con él. Con Hugo.

Los dos reían. Muy juntos. Muy felices. Muy jodidamente perfectos.

La pantalla del móvil tembló en su mano antes de volar contra la pared. Cayó al suelo hecho trizas.

Bruno se cubrió la cara con las manos. Esta vez sí lloró. No a gritos, no con drama. Solo lágrimas sordas, contenidas, como si le doliera hasta llorar.

Un mensaje le llegó por WhatsApp desde el portátil.

Era de Javi, un compañero del equipo:

«Tío, vente esta noche a casa de Marco. Hay fiesta. Tienes que desconectar. De verdad».

Bruno no respondió al instante.

Se levantó. Se miró al espejo. Tenía los ojos rojos y la expresión de alguien que estaba dejando de reconocerse.

Abrió el armario. Se puso su sudadera favorita.

Y bajó.

—Salgo un rato —dijo al pasar por el salón.

—¿Con quién? —preguntó su madre sin apartar la vista del televisor.

—Con amigos.

—No llegues tarde.

Bruno salió. No dijo nada más.

Aquella noche, en la casa de Marco, probaría por primera vez algo que no sabría pronunciar. No se lo ofrecieron con mala intención. Fue solo «para relajarse», «para evadirse». Y Bruno no preguntó. Solo tragó.

Y por fin, por un rato, **no sintió nada**.

Pasaron los días.

En el instituto, Bruno seguía siendo el de siempre , al menos por fuera.

Entraba a clase con la misma mochila al hombro, saludaba con su media sonrisa a los profesores y soltaba algún chiste rápido en el vestuario para que todo pareciera en orden. Nadie notaba nada. O quizá no querían notarlo.

Solo Irene lo miraba diferente. No con desprecio ni con pena, solo con una extraña distancia. Como si de pronto lo viera desde muy lejos.

Eso lo mataba.

Aun así, no dijo nada. No hizo ningún escándalo. Fingió.

Y, en cuanto sonaba el timbre de salida, su mundo cambiaba.

Ya no iba a casa directo. Ya no entrenaba con las mismas ganas. Ya no se quedaba estudiando en la biblioteca. Ahora tenía otro ritual.

A veces se perdía por la ciudad, con auriculares puestos y mirada vacía. Otras veces se dejaba arrastrar por Javi y los demás a casas donde siempre había alguien que ofrecía algo: una pastilla, una copa, un humo espeso que le nublaba los pensamientos.

Al principio, se decía que solo era para dormir mejor. Luego, para pensar menos. Y, después, simplemente , para sentir algo.

Bruno se volvió experto en sonreír cuando estaba roto.

Nadie sospechaba. Nadie preguntaba.

Hasta sus padres parecían más tranquilos últimamente.

—Me alegra verte más animado, hijo —le dijo su padre una noche—. Por fin estás madurando.

Bruno no respondió. Solo asintió.

Madurando.

Qué ironía.

En realidad, se estaba descomponiendo por dentro.

Cada noche llegaba más tarde. Cada mañana le costaba más levantarse.

Sus notas bajaron.

Sus ojos estaban cada vez más rojos.

Su cuerpo más flaco.

Su alma, más lejos.

Una mañana, al llegar al instituto, se cruzó con Leo en los pasillos. El chaval le sonrió con respeto, como siempre.

Bruno le dio una palmada en el hombro.

—No cambies nunca, ¿vale?

Leo lo miró confundido.

—¿Por qué lo dices?

—Porque a veces uno se cansa de ser lo que todos esperan… y empieza a desaparecer sin que nadie lo note.

Y siguió caminando. Con paso firme. Con ropa limpia. Con su aura de chico perfecto intacta.

Nadie sabía que, por dentro, **ya no quedaba casi nada**.

Capítulo 3 -

LA CHICA INVISIBLE

Claudia sabía pasar desapercibida.

Era casi un talento.

No hacía ruido al entrar. No levantaba la mano. No se reía fuerte. No destacaba.

Y nadie parecía notarlo.

Se sentaba en la tercera fila, cerca de la ventana. Siempre en la misma silla. Siempre con la misma postura: espalda recta, cabeza agachada, el cuaderno abierto y las manos firmes. Como si escribiera para sobrevivir, no para aprender.

Llevaba vaqueros viejos, sudaderas anchas, deportivas desgastadas. No por estilo, sino por costumbre. A algunos les parecía raro. A otros, invisible. A ella le daba igual.

O eso fingía.

Afuera, todos hablaban de fiestas, de parejas, de redes, de «seguir o no seguir» a alguien.

Claudia no tenía redes. Ni fiestas.

Solo tenía un cuaderno rojo, su diario, donde hablaba con alguien que no existía o que quizá sí: su otra yo. La que gritaba.

Querida C:
Hoy me han vuelto a mirar como si estorbara.
No han dicho nada. No hace falta.
Hay miradas que te matan más lento que las palabras.

Eso escribió esa mañana, antes de clase.

El suyo no era un *bullying* evidente. Nadie la golpeaba. Nadie la insultaba a gritos.

Era peor.

Era ese silencio que pesa.

Ese «¿y tú quién eres?» disfrazado de risa.

Las bromas que no eran bromas.

—¿Te disfrazas todos los días o solo hoy?

—Tienes pinta de estudiar asesinatos…, ¿lo haces?

Nunca venían de frente. Siempre disfrazadas de humor.

Y siempre con una sonrisa.

Claudia no lloraba delante de nadie.

Eso era parte del juego: no darles el placer de verla romperse.

Esa tarde, al llegar a casa, su madre ni siquiera la miró.

Estaba hablando por teléfono en el salón, sirviendo algo de comida sin mucha atención.

—Hola, mamá —dijo Claudia, dejando la mochila.

—Sí, sí, la niña está bien —respondió su madre al teléfono, sin mirarla—. Siempre en lo suyo, como siempre.

Su padre tampoco estaba.

Demasiado trabajo, demasiado estrés.

Demasiadas excusas.

Claudia subió a su habitación.

Encendió la lámpara del escritorio.

Se miró en el espejo.

Se tocó la cara. Se quitó las gafas. Se las volvió a poner.

No se reconocía.

O quizá sí.
Y eso era lo peor.

Querida C:
Hoy he pensado algo feo y me ha dado miedo.
No quiero ser un problema para nadie, solo quiero desaparecer en silencio.
Como una hoja que cae sin hacer ruido.

En clase, solo una persona parecía verla, **la profesora Elena**. De Ética.

Esa mañana, mientras explicaba algo sobre la empatía y los prejuicios, miró a Claudia.

La miró distinto.

Como si supiera. Como si sintiera.

Y, cuando terminó la clase, mientras todos salían, le puso la mano sobre el hombro y le susurró:

—Claudia…, si alguna vez necesitas hablar, aquí estaré, ¿vale?

Claudia asintió sin mirarla.

Guardó sus cosas.

Y se fue.

Esa noche, en su diario, escribió solo una frase:

Hoy alguien me vio. No sé si es bueno o malo.

Al día siguiente, Claudia se despertó con los ojos secos. No porque no hubiera llorado, sino porque ya no quedaban lágrimas.

Desayunó sola. Como siempre.

Su madre había salido temprano. Su padre, como casi todos los días, no dormía en casa.

En el trayecto al instituto, se puso los cascos. No para escuchar música, sino para no escuchar al mundo. Las voces, los gritos, las motos, los comentarios en los pasillos... todo era ruido.

Ese día, como tantos otros, la ignoraron.

Y también la miraron demasiado.

Dos formas distintas de desaparecer.

En la hora del recreo, se quedó sentada en el banco de siempre, fingiendo leer.

Un grupo de chicas pasó cerca. Se rieron.

—¿Has visto cómo va vestida hoy?

—Siempre parece sacada de un libro triste.

—O de un expediente clínico.

Claudia no levantó la vista.

Pero las palabras se clavaron igual.

Una profesora pasó cerca. La profesora Elena.

Volvió a mirarla. Como si quisiera acercarse. Pero no lo hizo.

«Nadie lo hace. Nunca», pensó Claudia.

Después de clase, fue directa al baño. A uno de los del fondo, el que siempre estaba vacío.

Cerró la puerta. Bajó la tapa del inodoro. Se sentó. Sacó el diario. Escribió despacio.

Querida C:
Hoy no duele más que ayer.
Pero tampoco menos.
Es como si el dolor ya no viniera de fuera, sino de dentro.
Como si yo misma me lo causara por existir.

Sacó un pequeño estuche metálico del bolsillo de su sudadera. Dentro, una cuchilla de sacapuntas. No era la primera vez que la llevaba. Pero sí era la primera que la sostenía tanto tiempo en la mano.

La miró. No con miedo, con tristeza.

Se arremangó la manga, respiró hondo y, justo cuando apoyó la cuchilla sobre la piel, alguien abrió la puerta del baño contiguo.

El ruido la sacudió como un golpe.

El corazón se le aceleró.

La mano le tembló.

Se quedó quieta, esperando.

No pasó nada.

La otra persona entró, hizo lo suyo, salió.

Claudia bajó la mano. Guardó la cuchilla. **Y lloró.** En silencio, tapándose la boca con las dos manos.

No era el momento.

Pero sabía que, si nadie hacía algo pronto, algún día lo sería.

Esa noche, escribió una nueva entrada en su diario:

Querida C:
Hoy no fue, pero estuvo cerca.
Me estoy perdiendo y nadie se da cuenta.
¿Tú lo harías? ¿Me salvarías, si pudieras?

Cerró el cuaderno, apagó la luz y se quedó mirando el techo. Deseando, solo por un segundo, que el mundo la escuchara.

Capítulo 4 -

EL QUE MIRA DESDE FUERA

Leo tenía un talento especial: estar dentro , sin estar del todo.

Era de esos que se reían con el grupo, pero no del todo; que jugaban al fútbol en el recreo, pero se salían cuando el ambiente se volvía hostil; que hablaban con todos, pero nunca en confianza.

Era de esos que saben cuándo hablar y cuándo callar.

Y, últimamente, callaba más de lo que hablaba.

Lo observaba todo.

A Bruno, cada vez más callado, más flaco, con ojeras y una mirada que ya no brillaba.

A Irene, con la cara seria, la mirada triste, como si hubiera crecido de golpe.

A Hugo, al que respetaba en silencio, aunque nadie supiera por qué.

A Claudia, caminando sola por el pasillo, como un fantasma que solo él parecía notar.

Leo era el tipo de chico que todos conocían, pero que nadie escuchaba.

Y eso, en realidad, le dolía más de lo que admitía.

Esa tarde, después de clase, los del grupo «popular» lo esperaban junto a la verja del instituto.

Javi, Marco, Rubén , los mismos que se reían más fuerte cuando Bruno estaba delante.

Los mismos que ahora querían llenar el hueco que Bruno dejaba con alguien «nuevo».

—Tío, hoy bajamos al chino. Queremos ver si tienes lo que hay que tener —dijo Marco, con una media sonrisa.

Leo sabía lo que eso significaba.

Lo había visto antes.

—¿Y eso qué es? —preguntó con un intento de risa.

—Nada grave —añadió Rubén, dándole una palmada en la espalda—. Solo una chorrada. Un test.

—¿Un test?

—Coges algo pequeño. Una chocolatina. Una bebida. Lo que sea. Sales sin pagar. Y ya estás dentro.

Leo bajó la mirada.

No era miedo lo que sentía. Era decepción.

Sabía que si decía que no, se reirían de él. Lo llamarían pringado. Lo borrarían del mapa.

Y él, por alguna razón que ni él entendía, quería pertenecer.

—Vale —dijo, bajito.

—Eso es. ¡Así se habla! —celebró Javi, golpeándole el pecho.

Caminó con ellos hasta la tienda.

Entraron como si nada. Empezaron a hablar fuerte, a bromear entre pasillos.

Leo cogió una chocolatina y la metió en el bolsillo.

Sintió que las manos le sudaban. El corazón le iba a mil.

Cruzó la puerta.

Y, justo al salir, un pitido sonó.

El dueño del local se giró.

—¡Eh, tú! ¡Quieto!

Leo se congeló.

Los otros salieron corriendo. Ni uno se detuvo.

Él no corrió. No podía.

Lo agarraron del brazo.

El dueño llamó a la policía. Le preguntaron su nombre. Su número de teléfono. Llamaron a su madre.

Esa noche, en casa, su madre no le gritó, solo lloró. Y eso fue peor.

—¿Por qué, Leo? ¿Por qué haces esto?

Leo no supo qué decir.

No quería que ella supiera que lo hizo por miedo a quedarse solo.

Se encerró en su cuarto. Miró el techo.

Como Claudia.

Como Bruno.

Como tantos.

Y pensó: **«Estoy al borde. O salto... o me salvo».**

Al día siguiente, Leo llegó al instituto más tarde de lo habitual. No por la hora, sino por el peso. El peso del silencio en casa. El peso de la vergüenza.

El peso de la mirada rota de su madre cuando tuvo que recogerlo en la tienda.

Los del grupo no le hablaron. Ni una palabra. Ni un mensaje. Como si se hubiera vuelto tóxico. Como si fallar en su estúpida prueba lo convirtiera en un fantasma.

Se sentó al fondo de clase, apretó los puños y solo entonces entendió lo que había hecho: **fallarse a sí mismo**.

No robó por necesidad ni por adrenalina, robó para encajar. Para que alguien lo viera. Para no ser «el de fuera».

Y, aun así, estaba más fuera que nunca.

Durante el cambio de clase, lo vio.

Bruno. En el pasillo. Apoyado contra la pared, con los ojos hundidos y la piel más pálida que nunca.

Tenía una expresión ausente, como si estuviera mirando un punto que no existía.

Leo se le acercó, sin pensar.

—Bruno —dijo en voz baja.

Él levantó la vista, como quien vuelve de muy lejos.

Lo reconoció.

Y, por primera vez en semanas, sonrió. Pero solo un poco.

—¿Todo bien?

Leo dudó. Y, por alguna razón, lo dijo:

—Me pillaron ayer. Por una gilipollez. Una chocolatina. Me dejaron tirado. Todos.

Bruno lo miró. No se rio. No lo juzgó. Solo asintió despacio.

—Así son. Solo sirven cuando no necesitas nada.

Leo agachó la cabeza.

—Quería entrar en el grupo

—¿Y ahora qué quieres?

Leo se quedó en silencio.

Bruno le puso una mano en el hombro.

—No les debes nada. Si te caes, que sea por ti. No por ellos.

Y se fue, sin decir más.

Leo se quedó allí, solo.

Pero, por primera vez…, no se sintió tan solo.

Le vino a la cabeza una imagen: **Claudia,** sentada en su banco, escribiendo, con los hombros encogidos.

Y pensó: «**Ella también está fuera**».

Ese día, al salir de clase, la buscó con la mirada.

Y por fin, **la vio**. No como alguien raro, no como una marginada, no como un caso perdido, sino como alguien que, como él, **luchaba por seguir en pie sin hacer ruido.**

Capítulo 5 -

LA QUE ESCUCHA CUANDO NADIE LO HACE

La profesora Elena llevaba casi quince años dando clase.

Había aprendido a detectar muchas cosas: cuando un alumno copiaba, cuando uno se distraía, cuando otro se enamoraba.

Pero lo que realmente había aprendido era a **mirar más allá del aula**.

Y algo no iba bien.

Lo sentía desde hacía semanas.

Bruno, que siempre hablaba de fútbol y sonreía con descaro, ya no levantaba la vista del pupitre.

Irene, brillante y despierta, parecía llevar un peso invisible sobre los hombros.

Hugo, callado pero estable, ahora tenía los ojos más tristes que nunca.

Claudia… Claudia era la que más la preocupaba. Porque **nadie la miraba**, excepto ella.

Y Leo Leo era el que estaba en la frontera. El que todavía podía elegir. El que aún tenía tiempo.

Elena llevaba una libreta donde anotaba cosas que no eran calificaciones: gestos, frases, actitudes.

Lo hacía desde el año en que perdió a un alumno por suicidio.

Desde entonces, se prometió no volver a llegar tarde.

Ese lunes, después del recreo, entró a clase y lo notó al instante: **el ambiente estaba más denso que de costumbre**.

Bruno tenía la mirada clavada en el vacío.

Irene ni siquiera sacó su cuaderno.

Hugo apoyaba la cabeza sobre la mano, con expresión ausente.

Y Claudia… Claudia no estaba.

—¿Alguien sabe dónde está Claudia? —preguntó, mientras pasaba lista.

Silencio.

Solo Leo la miró con atención, como si también se hubiera dado cuenta.

—No la he visto desde primera hora —dijo él, bajito.

Elena guardó la lista. No dijo nada más, pero, por dentro, **algo se activó**.

Terminó la clase.

Fue a Jefatura de Estudios. Nadie había registrado la ausencia. Nadie se había dado cuenta.

—Debe haberse ido —dijo una compañera, encogiéndose de hombros—. Es de esas niñas raritas. Siempre parece en su mundo.

Esa frase la sacó de quicio porque era justo lo que decían del chico que perdió años atrás.

Volvió al aula. Se asomó por los pasillos. Fue al baño del fondo. Golpeó con suavidad.

—¿Claudia?

Nada.

Golpeó de nuevo.

—Soy la profesora Elena. ¿Estás ahí?

Un ruido. Un papel que cae. Un pequeño sollozo, casi ahogado.

Abrió despacio.

Claudia estaba sentada en el suelo, con los brazos sobre las rodillas y el rostro hundido entre ellos.

—Tranquila —susurró Elena, agachándose con cuidado—. No voy a preguntarte nada que no quieras contar. Solo estoy aquí.

Claudia no habló. Pero no se apartó.
Y eso fue suficiente.
Esa tarde, Elena escribió en su libreta:

Hay cinco señales encendidas.
Cuatro jóvenes pidiendo ayuda sin voz.
No pienso fallarles.
Esta vez, no.

La llevó al despacho de Orientación, pero no como una profesora que castiga…, sino como una adulta que abraza sin tocar.

Le preparó una infusión, de esas que siempre tenía en su cajón, y la dejó sentarse sin presión.

Claudia no decía nada, solo jugaba con las mangas de su sudadera, arrugándolas entre los dedos.

—¿Sabes? —dijo Elena, con voz suave—. Yo también me escondía en el baño cuando tenía tu edad.

—¿Por qué? —preguntó Claudia, sin mirarla.

—Porque a veces el mundo duele tanto que el silencio es el único sitio seguro.

Claudia levantó los ojos por primera vez.

Había algo ahí: no confianza, no alivio, pero sí atención.

—¿Y dejaba de doler?

—A veces. Otras no. Pero aprendí que, cuando alguien me escuchaba de verdad, el dolor ya no me ahogaba tanto.

Claudia apretó los labios. Las lágrimas amenazaban, pero no salían.

—No sé por qué lloro si no ha pasado nada grave —susurró.

Esa fue la frase.

La más peligrosa.

La que tantas veces había oído antes.

—Claudia…, que nadie te haya roto los huesos no significa que no estés rota por dentro.

Silencio.

Un temblor leve en el labio.

Una lágrima.

Solo una.

Y, luego, un pequeño movimiento de cabeza. Como si, por fin, algo cediera.

Esa noche, Elena no pudo dormir.

Se quedó en su escritorio, con la luz baja, repasando los nombres, las actitudes, los gestos.

- **Bruno:** Consumo. Ausencia. Aislamiento.
- **Irene:** Cambio repentino. Falta de atención. Posible *shock* emocional.
- **Hugo:** Retraimiento. Agotamiento físico. Posible conflicto familiar.
- **Claudia:** Riesgo alto. Depresión silenciosa.
- **Leo:** Conflicto de identidad. Influenciable. Capacidad de reflexión.

Sabía que no podía con todo, pero también sabía que no podía no hacer nada.

Al día siguiente, pidió permiso a dirección para organizar **un taller emocional** en clase. Algo diferente. Algo que no pareciera una charla aburrida.

Un espacio donde hablar de miedos sin parecer débiles. Donde escuchar sin reírse. Donde llorar sin esconderse.

Porque si el sistema no los cuidaba…, alguien tenía que empezar.

Capítulo 6 -

TODO LO QUE SE SUPONÍA QUE NO PASARÍA

—¿Seguro que no quieres decirme qué te pasa? —preguntó Hugo, sentado en la cama, con las piernas colgando y las manos entrelazadas.

Irene daba vueltas por su habitación. No podía estarse quieta. Se mordía las uñas, algo que no hacía desde niña. Se detenía frente al escritorio, luego frente al armario, luego frente a la ventana. No decía nada.

—Irene —insistió él.

Ella se giró. Tenía los ojos húmedos, pero no lloraba.

—Es que si lo digo…, se hace real.

—Ya es real, ¿no?

Ella asintió.

Sacó algo del bolsillo de su sudadera. Lo sostuvo entre las manos unos segundos. Y luego se lo mostró.

Un test de embarazo. Dos rayas. Claras. Imposibles de ignorar.

Hugo se quedó quieto. Muy quieto. Como si el tiempo se detuviera. Como si su cuerpo no supiera cómo reaccionar.

No dijo nada. Solo respiró hondo.

—Me hice uno el lunes. Y otro ayer. Y otro esta mañana. Todos iguales —dijo ella, con voz temblorosa.

—¿Y cuánto ?

—Retraso de dos semanas. Lo típico. Lo que siempre creemos que no es nada. Hasta que sí lo es.

Hugo miraba el test como si fuera una bomba.

Y, en cierto modo…, lo era.

—¿Lo sabe alguien?

—Solo tú. Y yo. Y ahora parece que no somos tan mayores como creíamos.

Él la miró entonces.

Quería decirle algo que la calmara. Que arreglara todo. Pero lo único que salió fue:

—Estoy contigo. No sé cómo , pero estoy contigo.

Irene rompió a llorar. No por miedo. No por rabia. Por alivio.

Porque, en medio del caos, **él no había salido corriendo**.

Esa noche no hablaron más.

Se tumbaron en la cama, uno al lado del otro. Mirando el techo.

Sintiéndose adultos sin querer serlo.

Pensando en todo lo que vendría.

Y en lo que estaban a punto de perder.

Nos creíamos preparados para todo.

Nos creíamos invencibles.

Nos creíamos sabios.

Pero no sabíamos nada.

—¿Y si nos equivocamos? —susurró Irene, con la mirada perdida en el techo.

—¿En qué sentido? —respondió Hugo sin moverse.

—En todo. En pensar que podíamos con esto. Que éramos distintos. Que el mundo era solo nosotros dos.

Hugo apretó los labios. No tenía respuestas. Solo dudas.

—¿Lo vas a tener? —preguntó, con miedo de oír la respuesta.

Ella giró la cabeza y lo miró.

—No lo sé. No quiero decidir con la cabeza hecha un caos.

Silencio.

—Mi padre no me habla desde que le conté que estaba con alguien —añadió ella, más para sí que para él—. Mi madre lo sospecha, pero hace como que no. Y si se enteran de esto

No terminó la frase.

Hugo imaginó la escena. La casa. Los gritos. Las decepciones. El portazo.

Y luego pensó en **su propia casa**. En el silencio. En el olor a alcohol. En el vacío.

—No tienes que pasar esto sola —dijo—. Me da miedo, sí. Pero me da más miedo perderte.

Irene bajó la mirada.

Estaba agotada.

Por dentro y por fuera.

—No quiero que esto te destruya. Bastante tienes ya.

—¿Tú me ves roto?

—No —respondió sin dudar—. Te veo agotado. Como si estuvieras cargando con algo desde hace demasiado.

Él desvió la mirada.

Lo estaba.

Y, aunque no lo decía, empezaba a tambalearse.

Horas después, Hugo caminaba solo por las calles oscuras.

No quería volver a casa, pero no tenía a dónde más ir.

El parque estaba vacío. Las luces de la ciudad parecían burlarse de su silencio.

Pensaba en Irene. En el test. En el futuro. En cómo su vida parecía avanzar por un terreno que se hundía bajo sus pies.

Llegó al portal. Dudó.

Subió. Abrió la puerta.

Su padre estaba en el sofá.

La tele encendida. Una cerveza en la mano. La camisa abierta. El cinturón desabrochado.

—¿Dónde coño estabas? —preguntó sin girar la cabeza.

—En la calle —respondió Hugo sin emoción.

—Siempre en la puta calle. Como tu madre.

Esa frase fue un disparo.

Fría. Innecesaria. Casi ensayada para herir.

Hugo se quedó quieto.

El pulso se le aceleró.

La rabia le subió por el pecho. Pero no dijo nada. No esa noche.

Se encerró en su cuarto, cerró la puerta con seguro y se dejó caer en la cama.

Se tapó la cara con la almohada.

Y, por primera vez en mucho tiempo…, lloró.

A veces el dolor no grita. Solo se queda.
Y cada día ocupa un poco más de espacio.

Al día siguiente

—¿Estás segura? —preguntó Hugo por tercera vez.

Irene asintió con los ojos bajos.

—No puedo…, no ahora. No así. Tenemos una vida entera por delante.

Estaban sentados en un banco, lejos del instituto, en una plaza donde no pasaba nadie. Él llevaba las manos sudadas, el ceño fruncido. Ella había perdido el color en la cara. El silencio entre ellos pesaba más que las palabras.

Irene sacó unas pastillas del bolsillo de la chaqueta.

—¿Quién te la dio? —preguntó Hugo.

—Sara. Una chica del último curso. Dijo que conocía a alguien. Me costó conseguirla. Me dijo cómo tomarla. Lo que podía pasar.

—¿Y si pasa algo?

—Tengo miedo —respondió ella, por fin—. Pero también tengo miedo de tenerlo. No dormía, Hugo. Sentía que me estaba apagando. Que lo que teníamos se iba… muriendo.

Eso lo golpeó más que cualquier frase.

—¿Y quieres que esté contigo? —preguntó.

—Quiero que estés. No para decirme qué hacer, solo para no hacerlo sola.

Él asintió. Despacio. Como quien dice «te acompaño» sin saber adónde va.

El sábado por la mañana, Irene lo citó en su casa. Sus padres no estaban.

Él llegó con una mochila en la espalda, una botella de agua y dos toallas.

—No sé si esto sirve de algo —dijo, algo torpe—. Pero quiero estar preparado.

Ella sonrió con tristeza.

La pastilla ya estaba sobre la mesa. Pequeña. Inofensiva a la vista. Gigante en todo lo demás.

—Dijo que puede doler, que puede sangrar mucho, que tal vez no funcione.

—Si pasa algo raro, vamos al hospital —dijo Hugo.

—¿Y si se enteran mis padres?

—Ya se enterarán de cosas peores si no te cuidas tú primero.

Ese comentario hizo que Irene lo mirara de verdad. No como un adolescente asustado, sino como alguien que, pese a todo, **la estaba sosteniendo**.

Horas después, Irene temblaba en el baño.

El dolor era fuerte, punzante, sucio.

Tenía frío, la frente mojada, la toalla manchada de rojo.

Hugo se quedó del otro lado de la puerta, en el suelo.

No decía nada. Solo murmuraba:

—Estoy aquí. Estoy aquí. Estoy aquí

Cada cinco minutos.

Como un rezo.

Como un escudo.

Como un corazón intentando latir por dos.

Al caer la noche, el dolor cedió.

El baño quedó en silencio.

Irene salió pálida, con el rostro hinchado y los ojos vacíos. Se tumbó en el sofá.

Hugo la cubrió con una manta.

No la tocó.

No la interrogó.

Solo la miró.

Y, por primera vez, **no supieron cómo volver a ser los de antes**.

Porque algo en ellos había cambiado.

Y, aunque siguieran queriéndose, ya no era suficiente para tapar la grieta que había nacido entre los dos.

Nos creíamos adultos porque hablábamos de amor.
Pero ser adulto era esto:
tomar decisiones que te rompen por dentro
... y, aun así, seguir adelante.

Capítulo 7 -

EL DÍA QUE NADIE LO SALVÓ

Bruno no sabía por qué volvió a casa esa noche.

Quizá por costumbre.

Quizá porque, en el fondo, aún esperaba que alguien lo notara.

Llegó pasadas las dos de la madrugada.

Las luces del salón apagadas.

El coche de su padre en el garaje.

La casa en silencio.

Subió las escaleras como un ladrón. Entró en su habitación. Cerró la puerta sin hacer ruido. No encendió la luz.

Se dejó caer en la cama con la ropa puesta. Sacó el móvil. Ni un mensaje. Ni una llamada.

El vacío ya no era una sensación. Era un lugar.

Abrió el cajón de su escritorio. Dentro, una pequeña caja metálica que Javi le había dado hacía semanas.

No preguntó qué era. Y Javi solo dijo:

—Cuando estés hasta los huevos…, esto te duerme todo.

Esa noche Bruno no quería dormir. **Quería dejar de estar despierto.**

Tomó una.

Luego otra.

Bebió agua.

Se tumbó boca arriba.

Puso los auriculares.

Y cerró los ojos.

A la mañana siguiente, su madre subió para llamarlo al desayuno.

Tocó una vez.

—Bruno, venga, que ya es tarde.

Silencio.

Tocó de nuevo, con más fuerza.

—Vamos, que hay que moverse.

Nada.

Abrió la puerta.

La habitación estaba en penumbra.

Bruno seguía en la cama, bocarriba, los brazos sueltos a los lados.

—¿Bruno?

Avanzó un paso.

Algo dentro de ella se activó, como un presentimiento, como un grito sin sonido.

Se acercó.

Tocó su brazo.

Frío.

—¡Bruno! —lo zarandeó—. ¡Bruno, por favor!

Gritó.

Una vez.

Y luego muchas.

Bajó corriendo. Llamó a su marido.

Llamaron al 112.

Pero, cuando los sanitarios llegaron, ya era tarde. No hubo reanimación. No hubo margen. Solo una frase cruda, en voz baja:

—Lo sentimos. Ya no hay nada que hacer.

La casa perfecta se vino abajo.

El padre se rompió en el pasillo.

La madre no paraba de repetir:

—Estaba bien…, si parecía que estaba bien , si estaba bien…

Nadie entendía.

Porque nadie había querido mirar más allá.

Elena se enteró por un mensaje de dirección:

«Fallecimiento de Bruno R. Causa: sobredosis. Los padres solicitan respeto y privacidad».

Lo leyó.

Lo releyó.

Se quedó sentada frente al ordenador.

En silencio.

Sabía que era cuestión de tiempo. Pero no así. No tan pronto.

Abrió su libreta. Escribió solo una frase:

Fallamos. Otra vez.

Irene lo supo cuando su madre entró a su cuarto, blanca como una sábana.

Hugo, por una llamada de Leo.

Claudia, por el susurro que cruzó el pasillo:

—Bruno ha muerto.

Y entonces, **el mundo se quedó en pausa**.

En el instituto, la noticia llegó como una explosión muda.

Primero fueron rumores. Después, confirmaciones. Finalmente, silencio absoluto en los pasillos.

Nadie sabía cómo actuar.

Los que reían con él, ahora bajaban la mirada.

Los que lo imitaban, ahora lo negaban.

Y los que lo ignoraban, ahora se preguntaban si podían haber hecho algo.

Elena entró al aula sin hablar.

No llevó libros. Ni apuntes. Solo sus ojos cansados y una voz rota:

—Hoy no vamos a dar clase. Hoy vamos a sentarnos. Y a escucharnos. —Se sentó en el borde de la mesa. Miró a cada alumno, uno por uno—. Bruno era muchas cosas. Y una de ellas era invisible…, hasta que fue demasiado tarde.

Leo tragó saliva.

Irene no levantó la cabeza.

Hugo cerró los puños sobre la mesa.

Claudia escribió algo en su cuaderno, como siempre.

Y Elena, conteniéndose, les dijo:

—Si alguno de vosotros cree que no vale nada… por favor, **que hable**. Aunque sea conmigo. Aunque sea sin palabras. Pero no os lo guardéis. No os lo traguéis. Porque **nadie debería irse así**.

El día que Bruno murió,
no solo se fue él.
Se rompió algo en todos los que creían que esto no les podía
pasar.

Capítulo 8 -

El día después

IRENE

No fue el llanto lo que despertó a Irene. Fue el vacío. Esa sensación de que el mundo seguía girando , pero que algo se había apagado para siempre.

Abrió los ojos.

No se levantó.

No comió.

No habló.

Miró su móvil.

Diecisiete mensajes.

Tres llamadas perdidas.

Un grupo nuevo: «DEP Bruno».

Ni siquiera lo abrió.

Recordó la última vez que lo vio. En el pasillo. La mirada baja. El silencio cargado.

Recordó que pensó en hablarle. Y no lo hizo.

Y ahora no podría hacerlo nunca más.

HUGO

—¿Estás bien? —preguntó su padre desde la cocina.

Por primera vez en meses, estaba despierto antes que él.

Hugo no respondió. Se metió en la ducha y dejó que el agua le cayera sobre la cabeza como si pudiera borrar algo. Pero no se borraba.

Porque Bruno había sido **el único** que, sin decir nada, alguna vez lo defendió. El único que lo trató con respeto cuando los demás solo veían «al raro».

Se vistió sin hambre.

Salió sin mochila.

Caminó lento hasta el instituto.

Y cada paso era un reproche.

LEO

Leo fue el primero en llegar a clase.

El aula estaba vacía.

Se sentó donde siempre.

Miró el pupitre de Bruno.

Vacío.

Impecable.

Como si no se atreviera nadie a tocarlo.

Apoyó los codos sobre la mesa.

Y, por dentro, algo se quebró.

Él lo había visto hundirse.

No del todo.

Pero lo suficiente.

Y no hizo nada.

CLAUDIA

Cuando escuchó la noticia, Claudia no lloró.

Solo bajó la cabeza y escribió en su diario:

A veces, el silencio mata.
A veces, el ruido también.
Él se calló y nadie escuchó.

Miró a su alrededor. Todos fingían normalidad.
Y eso era lo peor.
Quería gritar.
Quería romper la ventana.
Quería abrazarlo.
Pero Bruno ya no estaba.
Y ella solo era la chica invisible.
Otra más que lo había dejado solo.

ELENA

Los llamó uno a uno.
Sin dar explicaciones.
Solo una frase:
—Te espero en la biblioteca. A la última hora.
Los cuatro fueron.
Por respeto.
Por inercia.
Por Bruno.
Entraron y se encontraron allí.
Juntos.
Por primera vez.
Nadie habló.
Nadie sabía qué hacer.
—Os he reunido porque ninguno de vosotros está bien —dijo
Elena, de pie frente a ellos—. Y lo sabéis.
—¿Esto qué es? ¿Una terapia grupal? —murmuró Irene, sin
fuerzas.

—No. Es un intento. De algo. De lo que sea. De que no os rompáis del todo como Bruno.

El nombre aún dolía.

—¿Y qué quieres que hagamos? —preguntó Hugo.

—Que habléis. Que escuchéis. Que entendáis que no estáis solos. Porque si no lo hacéis ahora , tal vez ya no haya después.

El silencio se hizo espeso. Hasta que Leo habló.

—Yo lo vi mal. A Bruno. Lo vi. Y no dije nada.

Irene tragó saliva.

Claudia bajó la cabeza.

Hugo apretó los dientes.

—Yo lo dejé solo —dijo Irene—. Y me fui con otra persona.

—Y yo lo necesitaba —dijo Hugo—. Pero nunca me atreví a acercarme.

—Y yo…, yo deseé ser como él —susurró Claudia—. Tener lo que tenía. Sin saber que no tenía nada.

Se miraron.

Por primera vez.

De verdad.

Sin máscaras.

Sin muros.

Y allí, entre libros, miedo y culpa, comenzó algo.

No una amistad.

No una solución.

Pero sí una grieta en el muro.

Una rendija de luz.

No sabíamos nada.
Pero estamos empezando a escuchar.

Capítulo 9 -

LO QUE NUNCA SE DIJO

Irene no recordaba la última vez que su casa estuvo en silencio. No de ese silencio real, espeso. El que no viene de apagar la tele… Sino de no tener nada que decir.

Desde la muerte de Bruno, **nada parecía encajar**.

Ni el aire.

Ni su ropa.

Ni el reflejo del espejo.

Él se había ido y, con él, una parte de ella que ni siquiera sabía que aún guardaba.

No era solo culpa.

Era duelo.

Era haber visto tan de cerca la muerte que ahora la vida le parecía una broma pesada.

El domingo por la tarde, se encerró en su habitación.

Dejó el móvil apagado.

No quiso hablar con Hugo.

No quiso hablar con nadie.

Se sentó en el suelo.

Apoyó la espalda en la pared.

Y lloró.

Lloró de verdad.

De esas veces en las que no hay lágrimas bonitas.

Solo ruido. Solo espasmos. Solo cansancio.

Lloró por Bruno.

Por Hugo.

Por ella misma.

Por lo que fue.

Por lo que no volvería a ser.

Su madre llamó a la puerta.

—Irene, ¿puedo?

Silencio.

—Solo quiero ver que estás bien.

Irene respiró hondo.

No quería abrir.

Pero tampoco quería seguir cerrándose.

Giró el pomo.

Se sentó otra vez en el suelo.

Su madre entró, con cuidado.

Se sentó frente a ella.

—¿Quieres que hablemos?

Irene negó.

Pero luego dijo:

—Solo quédate.

Y su madre se quedó.

Sin palabras.

Sin juicios.

Solo le puso la mano sobre la pierna, apretó con fuerza y le acarició el pelo como cuando era pequeña.

Irene apoyó la cabeza en su regazo. Y volvió a llorar.

Esta vez sin esconderse.

Horas después, mientras cenaban en silencio, su madre rompió la calma:

—Sabía que algo te pasaba. Pero no quise saberlo. Porque me daba miedo saberlo del todo.

Irene la miró. Por primera vez… con ternura.

—Yo también me daba miedo.
Y entre las dos, por fin, nació algo nuevo.
No confianza total.
No una solución.
Pero sí una grieta por donde poder entrar.

Quizá ser valiente no era decidir sola.
Quizá ser valiente era dejar que alguien la abrazara cuando
más lo necesitaba.

Capítulo 10 -

TODO LO QUE CALLÉ

Cuando Hugo llegó a casa esa noche, ya no quedaba nada de él.

Nada del que sonreía con Irene.

Nada del que soñaba con tener su propio estudio de música.

Nada del niño que se ilusionaba con cada inicio de curso.

Solo cansancio. Del cuerpo. Y del alma.

Empujó la puerta del piso.

La cerradura seguía sin arreglarse.

El olor a cerveza seca y tabaco barato lo golpeó como siempre.

Pero, esta vez…, **no lo ignoró**.

Entró directo al salón.

Su padre estaba ahí, tirado en el sofá. Descalzo. La camisa abierta. Un vaso medio lleno. Los ojos medio cerrados.

—Mira quién ha vuelto —murmuró, sin levantar la cabeza—. El niño modelo.

Hugo dejó la mochila en el suelo.

—No soy un niño.

—Claro que no. Eres un sabiondo. Un listillo. Un cabroncito que se cree mejor que su padre.

Hugo dio un paso más. No tenía miedo. No esta vez.

—¿Sabes qué creo?

—Ilumíname.

—Creo que eres un cobarde.

—¿Qué dijiste?

—Un cobarde —repitió, firme—. Que se esconde detrás de botellas porque no soporta mirarse al espejo. Que dejó morir a mamá. Y luego me dejó solo a mí.

El padre se levantó.

Tambaleante.

La mirada encendida.

—No hables de tu madre. No te atrevas.

—¿Y tú sí te atreves a olvidarla? —escupió Hugo—. ¿A vivir como si no hubiera existido? ¿A tratarme como si yo tuviera la culpa de que estés roto?

El padre lo miró como si lo viera por primera vez.

—Tú no sabes lo que he sufrido.

—¡Y tú no sabes lo que es tener que cuidar a alguien que debería cuidarte a ti!

Se hizo el silencio.

Hugo tenía los ojos vidriosos. La voz temblorosa. Pero no se detuvo.

—Yo me crie solo. Yo aprendí a cocinar. Yo aprendí a no llorar. Yo aprendí a dormir en la calle cuando tú gritabas borracho. Y ahora tengo que soportar esto… como si fuera normal.

Su padre bajó la mirada. Se dejó caer otra vez en el sofá. Hundido.

—Lo sé —susurró.

Hugo no esperaba eso. Esperaba más gritos. Más reproches. Pero no esa voz tan rota.

—No sé cómo hacerlo, hijo. No sé cómo ser lo que necesitas. A veces ni siquiera sé cómo seguir respirando.

Hugo se quedó de pie. Respirando fuerte. El corazón desbocado.

—Pues aprende —dijo, con rabia, pero también con esperanza—. Porque o aprendes… o me pierdes.

Y se fue a su cuarto. Cerró la puerta. Y por primera vez en mucho tiempo sintió que algo había cambiado.

No era paz.

Pero era el inicio.

A veces gritar no es romper...,
es reconstruir desde el fondo de uno mismo.

Capítulo 11 -

LA CHICA QUE SE DESPIDIÓ SIN HACER RUIDO

El agua del grifo caía sin prisa.

Claudia la observaba como quien mira llover desde una ventana.

Sin emoción.

Sin prisa.

Sin miedo.

La cuchilla en el borde del lavabo era la misma que usaba para rasgar hojas de su cuaderno.

No parecía peligrosa. Ni amenazante. Pero esa noche... era otra cosa.

Respiró hondo.

Se miró en el espejo. No se reconocía. Tenía los ojos rojos. El rostro pálido. Y una expresión que gritaba sin hacer ruido: «¿A nadie le importará? Nadie notará que ya no estoy». Eso pensaba.

Porque el mundo se había acostumbrado a no verla.

Porque los profesores la ignoraban.

Porque sus padres estaban demasiado ocupados intentando no discutir.

Porque, en casa, el silencio era una norma.

Releyó su última nota.

La dejó doblada sobre la almohada.

Limpia.

Sin dramatismo.
Solo clara.

Gracias por lo que no supisteis darme.
No os preocupéis, no fue vuestra culpa.
Solo no encontré razones suficientes para quedarme.

Se tumbó en el suelo del baño.

La música seguía sonando en su cuarto, una lista de canciones que había hecho meses atrás, titulada: «Por si un día me rindo».

Y, entonces…, apoyó la cuchilla en su muñeca.

Lenta.

Sin llorar.

Sin rabia.

Solo como quien se despide.

Pero, antes de presionar del todo…, **pensó en Bruno**.

Y eso la hizo temblar.

«Él también pensó que no hacía falta que se quedara. Y nadie lo detuvo. ¿Y si yo tampoco dejo señales? ¿Y si nadie lo impide?».

Y entonces, aún temblando, lo hizo.

La madre subió por casualidad.

Ni siquiera iba a llamarla.

Solo quería que bajara a cenar.

Pero, al no recibir respuesta tras varios toques, algo dentro de ella se activó. Instinto. Algo invisible que gritaba fuerte.

Forzó la puerta.

Entró.

Y entonces la vio.

El cuerpo en el suelo.

Sangre.

Y la cuchilla.

Y el grito. Ese grito que desgarró toda la casa.

—¡Claudia! Claudia, ¡no!

Todo pasó rápido después.

La ambulancia.

Los paramédicos.

Los vecinos.

Las preguntas.

Su padre en *shock*.

Su madre con las manos manchadas de sangre.

El cuarto cerrado.

La nota leída por alguien que no estaba preparado.

Y, al día siguiente, la directora cruzó el pasillo con un sobre en la mano.

Lo dejó en la sala de profesores.

Una hoja con palabras frías.

Lamentamos informar que nuestra alumna Claudia M. ha fallecido...

Claudia no quería morir.
Solo quería saber si, al menos una vez,
alguien correría a salvarla.

Capítulo 12 -

EL HUECO QUE DEJÓ CLAUDIA

El aula estaba igual.

Las mismas sillas.

Los mismos pupitres.

Las mismas paredes.

Solo faltaba algo. O, mejor dicho, **alguien**. Claudia.

Su silla estaba vacía. Como si la hubieran dejado a propósito así.

Nadie se atrevía a tocarla. Ni a moverla. Ni siquiera a mirarla demasiado rato.

Parecía que si alguien la ocupaba, su ausencia sería real del todo.

IRENE

Llegó temprano. Más temprano que nunca.

Se sentó al fondo. Miró a la ventana. Y se mantuvo en silencio.

No lloró.

No habló.

Solo pensaba: «Otra vez tarde. Otra vez no supe ver a tiempo».

Se culpaba por no haberle preguntado más.

Por no haber leído sus ojos.

Por pensar que era una chica rara, sin preguntarse por qué.

Hugo

Apretaba los puños debajo de la mesa.

Sentía rabia.

No contra Claudia, ni siquiera contra sí mismo, sino contra todos.

Contra el sistema que no ve.

Contra los padres que no escuchan.

Contra los compañeros que ríen por inercia y humillan por costumbre.

«¿Cuántos más? —pensó—. ¿Cuántos tienen que caer para que algo cambie?».

Leo

No asistió a clase.

Se quedó sentado en el banco de la entrada. Los auriculares puestos, sin sonido. Mirando al suelo. Repitiéndose que la vida era una broma de mal gusto.

Él la había visto muchas veces sola. Muchísimas. Y nunca fue capaz de acercarse.

Porque no sabía cómo. Porque no quería «ser como ella».

Y ahora deseaba haberlo sido.

Elena

Entró a clase.

No llevaba libros ni material. Solo un sobre blanco en la mano. Lo dejó sobre la mesa.

Se quedó de pie y, por primera vez, no habló como profesora. Habló como mujer.

—Claudia ya no está.

Silencio.

—No sé cómo explicarlo ni cómo entenderlo. Solo sé que fallamos. —Se le quebró la voz y nadie la interrumpió—. Este curso hemos perdido a dos personas. Una por fuera. Y otra por dentro. —Miró a Irene, a Hugo, al pupitre vacío de Leo—. No quiero perder a nadie más.

Esa tarde, en la biblioteca, los reunió.

—No os he traído aquí para obligaros a hablar. Solo quiero que sepáis que, mientras que yo esté, no vais a estar solos.

Leo fue el primero en hablar:

—No sabía que dolía tanto perder a alguien que apenas conocías.

—Yo sí la conocía —murmuró Irene—. Solo que nunca me atreví a acercarme.

—Ella escribió una carta —dijo Elena, sacando un papel doblado—. La dejó en su diario. Sus padres me la dieron esta mañana. ¿Queréis escucharla?

Los tres asintieron en silencio.

Carta de Claudia —fragmento leído por Elena—:

Nunca me preguntaron por qué escribía.
Tal vez porque no importaba.
Pero cada palabra era un intento de quedarme.
De aferrarme.
No me dolía vivir.
Me dolía que nadie me viera mientras lo hacía.
Si estás leyendo esto, tal vez ya no esté.
Pero, por favor, no dejéis que el próximo se apague en silencio.

Elena dobló el papel.

Los tres chicos tenían los ojos brillantes.

Y, por primera vez, el silencio no era incómodo. Era necesario. Era un silencio de duelo. Y también de unión.

Cuando alguien desaparece, deja un hueco.
Pero a veces, en ese hueco, nace algo nuevo.

Capítulo 13 -

ALGO NO ENCAJA

Elena no asistió a clase ese día.

Tampoco avisó.

Nadie la vio entrar.

Nadie la vio salir.

Pero su ausencia se sintió más fuerte que nunca.

En la sala de profesores, su silla vacía.

En la clase de Lengua, los alumnos desorientados.

Y en el grupo de WhatsApp del centro, un mensaje escueto del director:

«Elena se ausentará por motivos personales. Las clases serán cubiertas por sustitución».

IRENE

Se removía en la silla.

Sentía un presentimiento.

No uno de esos que duelen, sino de los que **queman por dentro**.

—Algo no me cuadra —le dijo a Hugo en el patio—. Elena no es de desaparecer así.

—¿Y si está mal? —preguntó él.

—¿Y si no?

Hugo frunció el ceño.

—¿A qué te refieres?

—A que su forma de hablar el otro día , la carta No sé. Era como si **supiera algo que nosotros no**.

LEO

Encontró a Elena esa misma tarde, por casualidad.

Salía del hospital comarcal.

Iba sola. Pelo recogido. Rostro serio.

Leo iba con su madre. Se detuvo en seco.

La observó desde el otro lado del paso de cebra.

Elena no lo vio. O fingió no verlo.

Se subió a un coche. Y desapareció.

Leo no dijo nada. Pero algo dentro de él **empezó a moverse**.

ELENA

Había entrado en la habitación 217 con el alma en un hilo.

Llevaba días viniendo, sin decir nada a nadie.

Sin dar explicaciones.

Solo ella, su cuaderno y el deseo de que, algún día, abriera los ojos.

Se sentó junto a la cama.

Claudia seguía allí. Conectada a una vía. El rostro pálido. Pero **respirando**.

Elena le habló en voz baja.

—Hoy tus compañeros han leído tu carta. Los conmoviste, Claudia. De verdad. Y también los uniste. No lo sabes…, pero los salvaste.

La máquina pitaba suave.

El goteo del suero era el único sonido en la sala.

—Pero ahora falta que te salves tú.

Apretó su mano.

Un gesto mínimo , pero firme.

Y, entonces, por un segundo, **el dedo de Claudia se movió**.

Elena contuvo el aliento. No dijo nada. Pero **sonrió**.

A veces, un silencio encierra una verdad tan grande...
que solo puede ser revelada cuando
alguien está listo para escucharla.

Capítulo 14 -

EL CHICO QUE POR FIN HABLÓ

Leo había aprendido a moverse en silencio. A esconderse en los márgenes. A parecer inofensivo, invisible, normal.

Desde pequeño supo que en su casa **las emociones no se compartían**.

Su madre se refugiaba en la limpieza.

Su padre, en el periódico y en las noticias que nunca cambiaban.

Y él , en no molestar.

Hasta que un día robó.

Y, desde entonces, el silencio se volvió aún más espeso.

El día que vio a Elena salir del hospital, algo cambió.

Claudia.

La idea se instaló en su mente como una chispa: «¿Y si no está muerta? ¿Y si nadie nos lo ha dicho?».

Esa noche no durmió.

Se levantó a las tres de la madrugada, bajó a la cocina y, sin pensarlo demasiado, entró al salón.

Su padre estaba viendo un documental, medio dormido.

Su madre planchaba sin mirar a nadie.

—Tenemos que hablar —dijo Leo.

Los dos levantaron la cabeza. Sorprendidos. Casi asustados.

—¿Ahora?

—Sí. Ahora.

Se sentó frente a ellos. No bajó la mirada. No se escondió.

—Sé que sabéis lo del robo. Sé que os llamaron del instituto. Sé que no dijisteis nada porque no sabéis cómo tratarme desde entonces.

Silencio.

—Yo tampoco sé cómo tratarme. Pero lo intento.

Su padre se removió en el sillón.

—Leo…

—Dejadme terminar, por favor.

Respiró hondo, se tragó las lágrimas y siguió:

—Bruno se murió solo. Claudia puede que también. Y yo…, yo me he sentido invisible. Toda la vida. Ni bueno ni malo. Solo… invisible.

Su madre dejó la plancha. Por primera vez en años, lo miró de verdad.

—No quiero que me premiéis ni que me castiguéis. Solo quiero que **me veáis**. Que me preguntéis cómo estoy. Aunque no sepáis qué decir después.

Su padre se acercó. Torpe. Duro. Pero sincero.

—No sabíamos cómo hablar contigo. Pensamos que eras fuerte. Que no lo necesitabas.

Leo negó, con los ojos vidriosos.

—Claro que lo necesitaba. Solo que nunca me disteis permiso para pedirlo.

Y esa noche, en esa cocina, **algo se rompió**. O, mejor dicho, **algo se abrió**.

La grieta entre ellos ya no era un muro.

Era una puerta.

Y Leo, por primera vez, se sintió parte de algo.

No perfecto.

No fácil.
Pero real.

A veces, no hace falta que todo esté bien.
Basta con que alguien te escuche...
y no te suelte.

Capítulo 15 -

CUANDO LOS PÁRPADOS PESAN MENOS QUE EL ALMA

Todo era blanco. Demasiado blanco.

El techo. La luz. Las paredes.

Y un pitido constante, como el metrónomo de un corazón que aún se aferra.

Claudia no abrió los ojos de golpe.

Fue un susurro, más que un gesto, un leve parpadeo. Un intento.

El cuerpo no dolía, pero tampoco estaba cómodo.

Era como si alguien más habitara en él.

No recordaba nada… hasta que **recordó todo**.

La carta.

El agua del grifo.

La cuchilla.

El suelo frío.

Y luego… **nada**.

A su izquierda, una figura dormía en una silla. La cabeza ladeada. El cuaderno abierto sobre las piernas. Elena. Su profesora. La única que alguna vez **pareció realmente mirarla**.

Claudia quiso hablar, pero no pudo.

Solo movió la mano. Apenas unos milímetros.

Elena no lo vio, Pero algo le hizo abrir los ojos segundos después. Como si su cuerpo estuviera conectado al suyo.

La miró, se incorporó con cuidado y, sin decir nada, **le cogió la mano**.

Claudia no necesitó palabras.

Ese apretón era una promesa.

Una bienvenida.

Un «no estás sola».

Y, por primera vez en mucho tiempo, Claudia cerró los ojos no para huir , sino para descansar.

A veces no hace falta que nadie te diga que vales la pena.

A veces basta con que alguien no se rinda contigo.

Capítulo 16 -

LA PROMESA DE VOLVER

Los días pasaban lentos en la habitación 217.

El reloj parecía ir más despacio.

Pero el corazón de Claudia **empezaba a latir más fuerte**.

No era que ya estuviera bien, ni siquiera cerca. Pero ya no estaba vacía.

Había algo distinto en su pecho. Una presión. Una expectativa. Quizá era esperanza. O miedo disfrazado.

Cada mañana, Elena aparecía con su cuaderno, se sentaba a su lado y leía en voz baja.

—Hoy Irene ha escrito una carta para ti.

—Hoy Hugo preguntó por tus poemas.

—Hoy Leo dijo que nunca debió callar tanto.

Claudia escuchaba. Sin mirar. Sin hablar. Pero **escuchaba**.

Y eso era más que suficiente.

Un jueves por la tarde, Elena cerró el cuaderno y le dijo, sin rodeos:

—Claudia, tienes que volver. No porque el mundo te espere. Sino porque tú mereces verte de nuevo en él.

Claudia la miró por primera vez, sin miedo. O, al menos, con un miedo distinto.

—¿Y si sigo rota?

—Entonces vuelve así. Rota. Pero viva. Y con voz.

Esa noche, Claudia pidió papel y un bolígrafo.

Escribió sin parar durante dos horas.

No eran poemas.

Ni reflexiones.

Era **una carta**.

Una para ellos.

Para Irene.

Para Hugo.

Para Leo.

Y, en el fondo, también para ella misma.

Elena la leyó al día siguiente. Y sonrió.

—Con esto, volverás.

No planearon una gran entrada ni una ceremonia. Solo un momento.

El día en que el grupo se volviera a reunir, Elena la haría aparecer. No quería sorprender, solo **reunir lo que quedó roto**.

Claudia no regresaría como antes.
Regresaría como quien ha vuelto del abismo,
con los ojos bien abiertos y el corazón en reparación.

Capítulo 17 -

EL LUGAR DONDE TODO ENCAJA

Quedaron en el viejo mirador de los acantilados, el sitio donde Bruno solía escaparse a fumar, donde Irene iba cuando discutía en casa, donde Leo escribía letras que nunca cantó, donde Hugo soñaba con desaparecer.

Nadie había vuelto desde que Claudia «se fue».

Pero, ese día, **Elena los citó allí** sin explicar por qué.

Solo les dijo:

—Traed algo que no habéis dicho nunca.

Irene fue la primera en llegar. Llevaba una bufanda vieja y los ojos cargados.

Leo apareció después, en bici, con una hoja doblada en el bolsillo.

Hugo caminó solo, con los auriculares colgando del cuello.

Se saludaron con miradas. No con palabras.

Hasta que Elena llegó, con los pasos firmes y una figura más detrás.

Pequeña.

Fina.

De pelo recogido.

Claudia.

Durante unos segundos, nadie dijo nada.

El mundo pareció detenerse, como si la tierra contuviera la respiración.

Irene fue la primera en moverse. Corrió. Sin pensar. La abrazó con fuerza.

Claudia tembló. Y lloró.

Leo se acercó despacio. La miró. Y dijo solo una palabra:

—Perdón.

Hugo tragó saliva.

—Pensé que estabas muerta.

Claudia lo miró directo a los ojos.

—Yo también lo pensé.

Se sentaron los cinco. Como en un ritual. Con el mar abajo y el cielo encima.

Irene sacó una foto, la última que tenía con Bruno.

La dejó en el centro.

Leo leyó su papel:

Nunca pensé que iba a sobrevivir a tantas cosas que nunca dije. Ahora quiero decirlas.

Hugo no dijo nada. Solo miró a Claudia. Y ella le devolvió la mirada. Eso bastó.

Claudia sacó un cuaderno. El rojo. Y empezó a leer.

He vuelto.
No como antes.
No igual.
Pero he vuelto.
Porque alguien me escuchó cuando solo gritaba por dentro.
Porque no quiero que ninguno de nosotros se vuelva a sentir invisible.

Porque, aunque no tengamos todas las respuestas, ahora, al menos,
NOS TENEMOS.

Elena, apartada unos metros, los observaba. No como profesora, sino como testigo.

Y pensó: «Esto también es enseñar».

No se trataba de curarse del todo.
Sino de entender que no tenían que hacerlo solos.

Capítulo 18 -

EL ECO DE ALGO QUE NO ENCAJA

El sol caía lento sobre el acantilado.

El reencuentro había sido real.

El abrazo, el perdón, la emoción

Y, sin embargo, esa noche, Claudia **no pudo dormir**.

Tenía el cuaderno rojo entre las manos, pero no escribía.

Solo pensaba. «¿Por qué aquel día? ¿Por qué me rendí justo esa noche?».

Cerró los ojos. No para soñar, para **recordar**.

Y entonces lo vio. Un destello fugaz. Una imagen que creía borrada: **Una pantalla. Un vídeo.**

Ella, en el patio. Llorando. Oculta entre los árboles. Y una risa. Una voz. Familiar: «No llores, Claudia, que luego nos salpicas».

Era Leo.

Se levantó de la cama con el pulso en la garganta. Abrió su mochila. Buscó su antiguo móvil. Lo encendió.

Decenas de mensajes.

Fotos.

Y ahí estaba.

El archivo. Sin nombre. Sin fecha. Solo una miniatura: ella misma, encogida.

Le temblaban las manos.

«¿Por qué no recordaba esto? ¿Quién lo grabó? ¿Quién lo compartió?».

El silencio no dolía tanto como la duda.

Y, entonces, una notificación iluminó la pantalla.

Mensaje nuevo:

Leo.—«**Podemos hablar mañana, a solas?**».

Claudia lo miró.

No respondió.

Solo cerró el móvil.

Y anotó en su cuaderno:

> *A veces, el verdadero enemigo no está fuera.*
> *Está más cerca de lo que quisiste admitir.*

Capítulo 19 -

LO QUE LEO CALLÓ

Quedaron a la salida del instituto. Lejos del resto. Sin testigos. Ni excusas.

Claudia llegó puntual. Fría. Serena por fuera. Pero con la tormenta agitándole el pecho.

Leo ya estaba allí, sentado en el bordillo, con la mirada en los cordones de sus zapatillas.

Cuando ella se acercó, no levantó la vista. Sabía por qué estaba allí. **Y ya no podía huir.**

—¿Fuiste tú el que me grabó?

Silencio.

—Lo encontré anoche. El vídeo. En mi móvil.

Más silencio.

Claudia se cruzó de brazos.

—No quiero que te justifiques. Solo quiero que lo digas.

Leo suspiró. Lento. Dolorido.

—Sí.

—¿Fuiste tú el que lo envió?

Leo dudó.

—No exactamente.

Claudia lo fulminó con la mirada.

—¿Qué significa «no exactamente»?

Leo tragó saliva, miró al suelo y luego, por fin, la miró a los ojos.

—Lo grabé como una broma. Un día que te vi llorando detrás del pabellón. Me reí. Pensé que era «gracioso». Quería impresionarlos. A los populares.

Claudia apretó la mandíbula.

Leo siguió.

—Nunca llegué a subirlo. Pero… **se lo enseñé a uno de ellos. A Sergio.** Y él lo pasó.

—¿Sabías que se hizo viral?

Leo asintió con los ojos mojados.

—Me enteré después. Y ya era tarde.

Claudia respiró hondo.

—El día que intenté quitarme la vida fue después de que ese vídeo empezara a circular. Lo viste, ¿verdad?

Leo bajó la cabeza. Como un niño castigado.

—Lo vi. Y no hice nada.

Un silencio largo. Espeso. Demasiado cargado.

Hasta que Claudia habló:

—No vine para que me pidas perdón. Ni para hacerte sentir peor. Eso ya lo hace la culpa.

Leo no respondió.

—Solo quería que lo supieras: **me estoy reconstruyendo**. Y tú formas parte de lo que me rompió. Pero también puedes elegir formar parte de lo que me ayude a cerrar esta herida.

Leo la miró, con los ojos vidriosos.

—¿Y cómo hago eso?

Claudia guardó el móvil. Y le dio su cuaderno.

—Empieza escribiendo lo que callaste.

Y se fue. Sin drama. Sin ruido. Pero con la fuerza de quien **vuelve a caminar sin temblar**.

A veces, decir la verdad no te libera del todo.
Pero te obliga a dejar de esconderte.

Capítulo 20 -

EL VALOR DE DECIRLO EN VOZ ALTA

Elena no sabía por qué Leo le pidió aquel favor. Solo le dijo:

—Necesito hablar. Pero no a solas. Necesito hacerlo bien.

Y Elena, que había aprendido a no preguntar de más, lo entendió.

Organizó una tutoría improvisada.

Citó a Hugo, Irene, Claudia y Leo en el aula pequeña. Esa donde los pupitres están en círculo. Donde no hay pizarras. Solo sillas. Y verdades.

Claudia llegó última. Tenía el cuaderno rojo en la mano, como si le protegiera. Miró a Leo, que no la evitó esta vez.

Elena cerró la puerta.

—Leo quiere hablaros de algo. Solo escuchad.

Y se apartó.

Leo se puso de pie.

Le temblaban las manos.

Pero no la voz.

—Hay algo que hice. Algo que **cambió todo**. Algo que he querido enterrar. Pero ya no puedo más.

Miró a Claudia.

—El vídeo ese en el que tú salías llorando lo grabé yo.

Silencio.

Irene lo miró con los ojos abiertos.

Hugo bajó la mirada.

Claudia no se movió.

Leo siguió.

—No lo subí. Pero se lo enseñé a uno del grupo. Y él lo pasó. Yo sabía lo que podía pasar. Pero no lo detuve. Me dio miedo perder mi lugar. Mi imagen. Mi… *chance* de ser alguien. —Respiró hondo—. Y, después , Claudia desapareció. Y yo **me callé**. Me callé porque era más fácil. Porque me daba miedo lo que me diríais. Porque pensaba que ya no servía de nada.

Nadie habló.

Leo bajó la cabeza. Esperaba reproches. Insultos. Quizá que se levantaran y se fueran. Pero, entonces, **Claudia se puso de pie,** se acercó y le dijo:

—Te odio un poco. Pero también te agradezco que hayas tenido el valor de decirlo. Yo ya no quiero vivir rodeada de sombras. Tú puedes elegir si quieres ser una más o empezar a poner luz.

Leo asintió, roto.

—Quiero poner luz.

Elena habló, por fin.

—La verdad duele. Pero es el único lugar desde donde puede empezar algo real.

Irene se acercó. Le puso la mano en el hombro.

—No eres el mismo Leo de antes. Eso se nota. Ahora demuestra que puedes ser **el nuevo**.

A veces no basta con arrepentirse.
A veces hay que quedarse y reconstruir lo que ayudaste a romper.

Capítulo 21 -

EL EXPEDIENTE ARIADNA

Claudia buscaba a Elena y entró en sus despacho, no estaba allí.

Sobre su mesa, un archivador abierto. Y entre los papeles, una hoja que no debería haber visto:

Centro Terapéutico Los Arrayanes
Paciente: Ariadna M.
Edad: 15 años.
Diagnóstico: Conducta autolesiva, aislamiento social, ideación suicida.
Responsable de caso: **Elena L.**

Claudia sintió cómo se le helaba el cuerpo.

Ariadna. Quince años. Autolesiones. Soledad. Demasiadas coincidencias.

Esa tarde, Claudia la esperó a solas.

—¿Quién era Ariadna?

Elena no fingió. No negó. Solo se sentó.

—Una chica a la que fallé. Como a muchos otros antes de llegar aquí.

Claudia no decía nada.

Elena respiró hondo.

—Trabajé durante años con menores internados. Adolescentes rotos. Heridos. Muchos, como tú. Pero Ariadna… Ella me cambió.

—¿Qué le pasó?

Elena bajó la mirada.

—No llegó a tiempo la ambulancia. No me creyeron cuando dije que lo haría. Y, desde entonces…, decidí venir aquí. A un lugar más «tranquilo». Más «normal».

Claudia la miraba con otra cara. Ya no era solo su profesora. Era **alguien que también cargaba con muertos invisibles**.

—¿Por qué no lo contaste?

—Porque aquí me dejaban ser solo Elena. No la que fracasó.

A veces, los que más ayudan,
son los que también necesitan ser salvados.

Capítulo 22 -

BAJO LLAVE

La carpeta no debía estar ahí. Y, sin embargo, estaba. **«LOS ARRAYANES. Expediente Ariadna M.».** Archivada en una caja gris, en el armario lateral del despacho de Elena.

Claudia no había vuelto a ver el documento, pero **no lo había olvidado**. Y, cuando Hugo la encontró en el pasillo, con los nervios rotos, ella lo soltó sin pensarlo:

—Elena nos oculta algo.

Hugo no preguntó «¿qué?».

Solo dijo:

—¿Qué hacemos?

Esa tarde, cuando el instituto quedó casi vacío, Claudia le mandó un mensaje corto:

«Ahora».

Hugo ya estaba dentro. Había conseguido una copia de la llave del despacho semanas antes, cuando ayudó con unos carteles del Día de la Paz.

Entraron. No encendieron la luz. El despacho de Elena olía a papel, a incienso y a algo más. **Como a historia escondida.**

Abrieron la caja gris. Dentro, varias carpetas.

Nombres.

Fechas.

Sellos del centro terapéutico.

Algunas tachaduras.

Otras hojas, **con marcas de humedad**.

Pero había una que sobresalía. «**Ariadna M.**».

Y detrás de esa, otra: «**Bruno L.**».

Claudia parpadeó.

—¿Bruno?

Hugo se acercó. Le quitó la carpeta de las manos.

Dentro había informes. Fechas antiguas. Y una foto. Bruno. Más joven. Distinto. Pero era él.

Hugo leyó en voz baja:

—«Ingreso por comportamiento agresivo, consumo precoz, tendencia a liderazgo antisocial. Mismo entorno que paciente Ariadna M. Evaluación cruzada: riesgo de imitación».

Se quedaron en silencio.

«¿Bruno estuvo internado con Ariadna?».

«¿Y Elena ya lo conocía antes de ser nuestra profesora?».

En ese momento, se oyó un ruido en el pasillo.

Puerta.

Pasos.

Tacones.

Era Elena.

Claudia apagó el móvil.

Hugo cerró la caja.

Ambos se quedaron agazapados tras la mesa.

La puerta se abrió.

Luz encendida.

Elena entró.

Y justo cuando iba a cerrar…

Se detuvo.

Miró al interior del despacho.

—Sé que estáis ahí —dijo en voz baja—. Y si vais a seguir con esto…, más os vale estar preparados para **lo que viene después**.

Hay verdades que no se ocultan.
Solo esperan a que alguien las mire de frente… y no tiemble.

Capítulo 23 -

SANGRE EN SILENCIO

—Sentaos —dijo Elena con voz quebrada.

No fue una orden. Fue una súplica.

Claudia y Hugo lo hicieron, despacio, como si el aire estuviera hecho de cristales rotos.

En la mesa había dos carpetas. Una decía «Ariadna M.». La otra, «Bruno L.».

—Eso que habéis leído no era para nadie —susurró Elena—. Ni siquiera para mí.

La sala estaba en silencio, pero el corazón de Claudia retumbaba como un tambor. Sabía que estaba a punto de escuchar algo que **no se olvida**.

Elena se levantó, caminó por la sala como si huyera de sí misma y entonces, sin mirarlos, dijo:

—Ariadna era mi hija.

Claudia tragó saliva.

Hugo parpadeó lento.

—Mi hija de sangre. La única persona a la que amé sin condiciones. Y a la que no pude salvar. —Elena se acercó a la ventana. Miró hacia la calle, pero no veía nada, solo el reflejo de un pasado que nunca terminó—. Tenía quince años. Era brillante, frágil, como un cristal tallado a mano. Y se rompía cada vez que el mundo respiraba demasiado fuerte. —Cerró los ojos—. Un día no aguantó más. Me dejó una nota y un silencio que nunca más supe llenar.

Claudia dejó caer una lágrima. No la ocultó. Era demasiado humana para eso.

Pero entonces, Elena giró lentamente y, con una voz aún más baja, dijo:

—Y Bruno también era mío.

Claudia levantó la vista.

Hugo se tensó.

—¿Cómo ?

—Era mi hijo. Nació dos años antes que Ariadna. Yo era muy joven. Sola. Asustada. Y el mundo no da segundas oportunidades a las chicas como yo. —Se llevó una mano al pecho—. Lo di en adopción. Pensé que así tendría una vida mejor. Que algún día nos volveríamos a encontrar. Y lo hicimos. Aquí. Entre estas paredes. **Pero él no lo supo nunca.**

Claudia se levantó y dio un paso hacia ella.

—¿Y tú sí?

Elena asintió con los ojos inundados.

—Lo supe desde la primera vez que lo vi. Esa mirada. Y la forma de morderse el labio cuando pensaba. Era él. Y yo... callé.

Se derrumbó en la silla.

—Creí que si me mantenía cerca..., que si le guiaba, que si le protegía , podría al menos compensar algo.

Claudia temblaba.

—¿Y ahora?

Elena la miró, desnuda de defensas.

—Ahora vivo con dos muertos en el pecho. Uno que supo que lo amaba. Y otro... que **nunca supo que era mi hijo.**

Un silencio espeso se apoderó de la sala. Y, entonces, Hugo habló por primera vez:

—No sé qué has sido para nosotros hasta hoy, Elena. Pero, a partir de ahora…, serás alguien que **decidió no callar más**. Y eso también es amar.

No hay secretos eternos.
Solo verdades que esperan el valor exacto para salir.
Y sanar, aunque duelan.

Capítulo 24 -

Voces al otro lado

Elena cerró la puerta con llave. No lo hacía nunca. Pero esta vez…
no podía permitirse interrupciones.

La luz era tenue. El despacho, más pequeño que nunca.

Hugo y Claudia estaban sentados al borde de la silla.

Silencio.

Respiraciones contenidas.

Elena no sabía por dónde empezar, pero sabía que no podía
seguir callando.

—Antes de ser profesora… fui muchas otras cosas. Fui psicóloga. Fui madre. Y también fui un desastre.

Claudia frunció el ceño, pero no habló.

Elena siguió, como si necesitara liberar una presa que llevaba
años a punto de romperse.

—A los diecisiete años di a luz a mi primer hijo. Se llamaba
Bruno.

Hugo se tensó.

—Sí, Hugo. Ese Bruno.

Mientras tanto, **detrás de la puerta,** en el pasillo desierto…
Iván, uno de los populares, había vuelto.

Había olvidado su sudadera en clase.

Cuando pasó junto al despacho y vio la puerta cerrada, con luces dentro y murmullos bajos, se detuvo. Algo le picó por dentro.

Curiosidad.

Malicia.

Intuición.

Se acercó.

Se apoyó de lado y escuchó.

—No podía quedarme con él. Era una cría, no tenía familia, el padre desapareció y yo…, yo no quería que Bruno sufriera una vida hecha de migajas —Elena se levantó. Paseó por el despacho como si caminara sobre brasas—. Lo di en adopción. Me dijeron que era lo mejor. Lloré dos días. Dos. Y al tercero, seguí con mi vida. Como si nada. Como si no me hubiera arrancado un pedazo del alma.

Hugo tragó saliva.

Claudia no parpadeaba.

—Años después, tuve a Ariadna. Mi segunda hija. Creí que podría hacerlo mejor, pero Ariadna… era una niña especial. —La voz de Elena se quebró—. Tenía una sensibilidad que el mundo no supo entender. Le dolían cosas que otros ni notaban. Y un día empezó a hacerse daño. Primero en los brazos, luego en el silencio. —Se detuvo frente a ellos—. Yo, que era psicóloga, yo, que debía saberlo todo, **fui incapaz de salvarla.**

Claudia lloraba.

Hugo no sabía qué hacer con las manos.

—La encontré en el baño, con una nota, con la sangre aún tibia.

—¿Murió?

Elena negó con la cabeza, muy despacio.

—Estuvo tres días en coma. Despertó, pero ya no era ella. Duró dos semanas más. —Se acercó a una estantería y sacó una caja pequeña. Dentro dos pulseras de hilo rojo—. Las hizo Ariadna.Ella siempre tuvo la esperanza de conocer algún día a Bruno.

Cuando llegue a este instituto y lo vi, **lo supe al instante.** Reconocí su forma de mirar, su voz, era él. **Pero él nunca supo que yo era su madre.**

Iván, fuera, apoyado contra la pared, se llevó una mano al pecho. No sabía por qué pero algo dentro le quemaba: «¿Esto es real? ¿Bruno tenía una madre en el instituto todo este tiempo? ¿Y ella lo ocultó? ¿Por qué? ¿Y por qué ahora lloraba como si se le hubiera roto el mundo?».

—Me quedé aquí por él. Para cuidarlo sin que se diera cuenta, para estar cerca, para intentar en silencio ser la madre que nunca pude ser.

Hugo se levantó y la miró a los ojos.

—¿Y por qué nos lo cuentas ahora?

Elena respiró hondo.

—Porque ya no puedo más. Porque cuando os veo, cuando os escucho, cuando sufrís veo a mis hijos en cada uno. Y necesito… **que alguien sepa la verdad. Antes de que otro se me muera sin saberlo.**

Detrás de la puerta, Iván ya no escuchaba con el mismo brillo en los ojos. Lo que empezó como cotilleo ahora era algo incómodo.

Humano.

Real.

Doloroso.

Pero Iván no sabía qué hacer con ese tipo de verdades. Así que hizo lo único que sabía hacer: **convertirlas en munición**.

Algunos no quieren entenderte.
Solo buscan una historia que puedan usar en tu contra.

Capítulo 25 -

FUEGO CRUZADO

No pasó ni un día. A la mañana siguiente, el rumor ya no era rumor: **era sentencia**.

—¿Has oído lo de Elena?

—¿Qué clase de persona oculta eso?

—¿Y si está inestable?

—¿Puede alguien así cuidar de nuestros hijos?

Las palabras volaban por los pasillos, por los chats de padres, por los mensajes que empezaban con «no quiero ser cruel, pero…».

Los cuchillos ya estaban afilados.

Elena entró a primera hora con la cabeza alta. Pero sus ojos ya sabían lo que estaba pasando.

En la sala de profesores, el silencio fue su bienvenida.

Una compañera le evitó la mirada.

Otra salió del aula al verla entrar.

En el tablón de anuncios de padres, alguien había pegado una hoja anónima:

¿Qué clase de ejemplo es una profesora
que no fue capaz de salvar a sus propios hijos?

Elena la arrancó sin decir nada, la dobló y la guardó en el bolsillo. Como quien guarda una bala que no ha querido esquivar.

Mientras tanto, **Claudia y Hugo lo descubrieron en el peor momento**: cuando vieron a Iván en el recreo, rodeado de su grupo, haciendo imitaciones.

—Soy Elena, y me caen los hijos como hojas en otoño

Risas. Móviles grabando. Y un nudo que se les formó en la garganta.

—No puedo con esto —dijo Claudia.

—Yo tampoco —dijo Hugo.

Y por primera vez... **no solo se sintieron heridos, se sintieron enfadados**.

Ese mismo día, se reunieron con Irene, Leo y un grupo de alumnos que ya conocían la verdad. Nadie dudó.

—Vamos a hablar. Públicamente. Frente a todos.

—¿Y si se ríen?

—Entonces nos escucharán entre risa y risa.

Claudia propuso escribir una carta.

Hugo, grabar un vídeo con fragmentos de Bruno, dibujos de Ariadna, imágenes del aula.

Irene habló con la dirección.

Leo, con la profesora de Plástica.

En dos días, todo estaba en marcha.

Un acto.

Un homenaje.

Un mensaje.

Una verdad dicha con dignidad.

Pero, mientras tanto..., en la dirección del instituto, un correo circulaba entre los jefes:

Se recomienda suspender temporalmente
a la profesora Elena L. hasta esclarecer los hechos.

Las batallas más duras no se pelean con armas,
se pelean con la voz de quienes no están dispuestos a callar.

Capítulo 26 -

VOCES SIN PERMISO

El salón de actos estaba lleno. Demasiado lleno. Padres. Profesores. Alumnos que no sabían muy bien por qué estaban allí. Y otros que sí.

Claudia temblaba detrás del telón.

Hugo le puso una mano en la espalda.

—Si no lo haces tú, no lo hará nadie.

Ella asintió. No confiaba en su voz. Pero confiaba en su verdad.

La directora abrió el acto con un tono neutro.

—Hoy algunos alumnos quieren compartir algo con el centro. Algo personal. Pedimos respeto.

Y se retiró del atril.

Claudia caminó despacio hasta el centro del escenario.

El silencio era brutal.

Tantas miradas clavadas en ella.

Tantas opiniones no dichas.

Tantos cuchillos invisibles.

Respiró, abrió el cuaderno rojo y leyó.

—«Todos creemos que lo sabemos todo, hasta que algo se rompe, Hasta que el mundo nos enseña que hay cosas que no se entienden hasta que te duelen». Yo me llamo Claudia y, hasta hace poco…, no sabía que alguien podía sangrar en silencio. Pero ahora lo sé porque conocí a Elena y escuché su historia.

Un murmullo recorrió el público.

Algunos padres ya sabían a dónde iba esto. Otros lo intuían.

—Elena perdió a su hija y a un hijo que nunca pudo abrazar como madre. Lo tuvo que dar en adopción y, años después, el destino, o lo que sea, lo puso en este instituto. En sus clases. Entre nosotros.

Claudia levantó la mirada y la buscó.

Elena estaba al fondo. De pie. Inmóvil. Con los ojos brillando como espejos a punto de romperse.

—Ese hijo era Bruno.

Silencio.

—Y ella… nunca se lo dijo, por miedo, por respeto, por amor. Elena no es perfecta, pero nadie aquí lo es. Y si ahora es cuestionada, no es por lo que ha hecho…, sino por lo que ha perdido. —Se le quebró la voz—. Y ya basta de castigar a la gente por su dolor.

Hugo subió al escenario y puso un vídeo. Imágenes de Bruno jugando al fútbol. Una nota escrita por Ariadna. Dibujos que ella dejó. La última frase, proyectada en silencio, decía:

Mi madre no es culpable.
Solo es humana.

Cuando se encendieron las luces, el salón de actos estaba en silencio. Un silencio distinto. **No de juicio, sino de respeto. Y, quizá , de culpa.**

La directora se levantó.

—Gracias, Claudia. Gracias a todos. —Y, antes de cerrar el acto, añadió algo que no estaba en el guion—: Creo que todos… tenemos cosas que aprender. Y no siempre es desde el lado del estrado.

A veces defender a alguien es el mayor acto de amor
y de valentía.

Capítulo 27 -

DESPUÉS DEL RUIDO

El aplauso final se apagó. Las luces del salón de actos se encendieron. Y la gente empezó a marcharse. Pero lo que ocurrió después **fue lo verdaderamente ruidoso.**

Esa misma tarde, en el grupo de WhatsApp de padres de cuarto curso, el chat echaba humo.

«¿Cómo dejan que una mujer así siga dando clase?».

«No estamos en contra de ella, pero nuestros hijos no necesitan esta inestabilidad».

«¿Qué autoridad moral puede tener alguien con ese historial?».

Hubo respuestas.

Pocas, pero firmes.

«Justamente por lo que ha vivido, Elena es quien más puede ayudarles».

«¿No os dais cuenta de que si nuestros hijos sufrieran, ella sería la primera en verlos?».

«Lo que haceis es castigar a una mujer por no haber sido perfecta. ¿Y quién lo es?».

Mientras tanto, en la sala de profesores, el ambiente se dividía en dos.

—Creo que lo mejor sería que se apartara un tiempo —dijo uno.

—¿Y darle la razón a los que se alimentan del dolor ajeno? —respondió otra.

Elena entró y el murmullo murió.

Caminó hasta su mesa, se sentó. No dijo nada, pero sus manos... **no dejaban de temblar.**

Claudia, Irene y Hugo seguían procesando todo.

Se reunieron en el aula de audiovisuales.

—No ha sido suficiente —dijo Claudia.

—No podemos cambiar el pensamiento de todos de un día para otro —respondió Hugo.

—Pero sí podemos seguir hablando —añadió Irene.

Leo entró con su portátil.

—He montado un vídeo resumen del acto. Lo quiero subir.

—¿A dónde?

—A todos lados.

En apenas veinticuatro horas, el vídeo tuvo más de tres mil visualizaciones.

Y los comentarios comenzaron a dividirse como un río partido en dos brazos: uno de compasión , otro de juicio.

«Nunca la miré igual después de perder a Bruno. Ahora la entiendo un poco más».

«No quiero que mis hijos la traten como psicóloga. Lo siento, pero no».

«Ojalá tener una profe como ella».

«Es peligrosa».

Y, en mitad del torbellino, **Elena solo callaba.**

No luchaba.

No se defendía.

No pedía perdón.

Simplemente... **esperaba.**

Como quien ya ha perdido tanto, que ya no teme perderse a sí misma también.

No todos los juicios necesitan un juez.
A veces basta con una sociedad hambrienta de verdugos.

Capítulo 28 -

EL COLOR DEL SILENCIO

Miércoles. Ocho de la mañana.

El timbre del instituto sonó como siempre, pero esa mañana, el mundo **no era el mismo**.

La directora subió a su despacho. Los profesores entraron a clase. Los pasillos se llenaron de murmullos. Hasta que, uno a uno, empezaron a salir al patio.

Primero Claudia.

Luego Hugo.

Después Irene, Leo

Y detrás de ellos, decenas de alumnos.

Todos con lo mismo en la muñeca: una **pulsera roja de hilo**, sencilla, sin nudos, como las que Bruno y Ariadna usaban.

No decían nada.

No llevaban pancartas.

No pedían permiso.

Solo **se quedaban allí. De pie. Mirando al frente. En silencio.**

El patio, normalmente bullicioso, se convirtió en un mar de quietud cargada de significado.

Los profesores los miraban desde las ventanas.

Los directivos, desde arriba.

Y Elena, desde la sala de profesores.

—Sal —le dijo la profesora de Matemáticas.

—No puedo.

—Sí puedes.

Y, entonces, salió.

Cruzó el pasillo como quien atraviesa un abismo y, cuando, llegó al patio **todos los alumnos se giraron hacia ella**.

Nadie aplaudió.

Nadie gritó.

Claudia avanzó. Llevaba una pulsera más en la mano. Se la ofreció.

—No es para que recuerdes. Es para que sepas que no estás sola.

Elena la tomó. Temblaba. Respiró hondo. Y, por primera vez, frente a todos, **habló**.

—Os he fallado muchas veces. No por lo que hice, sino por lo que callé. Pero no imaginé que un día vosotros hablaríais por mí. —Sus ojos se humedecieron—. He vivido años como si fuera culpable. He dejado que el pasado me rompa. Pero hoy, por primera vez…, no me siento una vergüenza. Me siento una madre, una profesora y una mujer que, aunque tarde, **se atreve a vivir con la verdad**.

Hugo dio un paso al frente.

Levantó el brazo.

Todos lo imitaron.

Las pulseras rojas brillaron al sol.

Y entonces, por fin…, **Elena lloró sin miedo**.

No hace falta gritar para cambiar las cosas.
A veces basta con estar,
de pie, en silencio, con el corazón expuesto.

Capítulo 29 -

EL RUIDO DETRÁS DEL CHISTE

Iván apagó el móvil.

El vídeo del patio ya tenía más de cinco mil visualizaciones.

Pulseras rojas.

Silencio.

Lágrimas.

Y Elena. De pie. Con los ojos llorosos. Como si el mundo le estuviera devolviendo algo que él jamás había tenido.

—Patético —dijo, solo en su habitación. Pero su mandíbula estaba tensa. Sus nudillos blancos de apretar el móvil.

Recordó el momento en que los escuchó tras la puerta. Las palabras. El temblor en la voz de Elena. Ese «Bruno era mi hijo…» que le dejó el estómago como una piedra.

¿Por qué le dolió tanto escuchar eso? Él no conocía a Bruno realmente. Solo compartieron risas, fiestas, algún porro, algún pique por una chica.

Bruno era uno de los que caían bien a todos. Hasta que cayó del todo.

Iván se levantó de la cama, entró al baño, se miró al espejo.

Tenía ojeras, cicatrices viejas en los nudillos, un pequeño tatuaje mal hecho detrás de la oreja.

Volvió a escucharse a sí mismo en el patio, días antes:

«Soy Elena, y me caen los hijos como hojas…».

Todos se rieron. **Menos él.** Porque, aunque no lo supiera aún, **esa frase le partió algo por dentro.**

Iván vivía con su madre y un padrastro que no se sabía su segundo nombre.

Su padre biológico desapareció cuando tenía cinco años. La última vez que lo vio fue detrás de un cristal, en un centro de detención.

Nunca hubo abrazos. Nunca hubo pulseras rojas. Solo gritos, ausencias y el eco de la televisión de madrugada.

—¿Por qué ella sí? —susurró, sentado en el borde de la cama.

¿Por qué Elena tenía compasión?

¿Por qué todos ahora la protegían?

¿Por qué, después de todo, había alguien que la defendía, mientras que a él, nadie nunca le defendió?

Se levantó, caminó en círculos, cogió el móvil, abrió el grupo «Los Legend».

IVÁN.—«Vamos a poner las cosas en su sitio. Si nadie lo hace, lo haré yo».

No todos los que se burlan son fuertes.
Algunos solo esconden heridas bajo el ruido.

Capítulo 30 -

LA TRAMPA MAL HECHA

El mensaje de Iván no tardó en correr por los móviles:

«Recreo. Cancha de baloncesto. Traed palomitas».

No decía más, pero todos sabían que cuando Iván convocaba, algo pasaba.

Y, normalmente, **alguien salía perdiendo**.

Ese día, el aire estaba cargado.

Los profesores, tensos.

Los alumnos, expectantes.

Y Elena no apareció por el aula. Se había pedido una baja temporal.

Claudia, Irene, Hugo y Leo estaban juntos. Sabían que algo iba a pasar. Y sabían que vendría de Iván.

—Va a intentar desmontarlo todo —dijo Irene.

—No va a poder —respondió Claudia, firme.

Pero, aun así, temblaba por dentro.

La cancha de baloncesto estaba llena. Iván apareció con un altavoz pequeño y una sonrisa que no tocaba sus ojos.

—Antes de que se os olvide… quiero recordaros que Elena no es una heroína. Es una mujer que abandonó a su hijo. Y dejó que otro se matara sin saber quién era ella.

Silencio.

No por miedo, sino por incomodidad.

—Y vosotros, los del club de fans…, ¿no vais a decir nada?

Nadie respondió.

Pero nadie se fue. Eso fue peor.

Iván encendió el altavoz.

Había grabado un fragmento de la conversación que escuchó tras la puerta.

ELENA.—«… nunca se lo dije. Tenía miedo de perder lo poco que me quedaba».

Lo reprodujo.

El eco de la voz de Elena resonó en la pista, fría, triste.

Nadie se rio.

Nadie aplaudió.

Nadie encontró diversión en eso.

Iván esperó.

Esperó el chiste, la burla, el efecto. Pero no vino.

Solo Claudia, que caminó hacia él. Lo miró a los ojos y le dijo:

—¿Tú también tienes miedo, Iván?

Él no respondió.

—¿O solo te jode ver que alguien sí fue capaz de amar aunque fuera tarde?

Las palabras no fueron gritos, pero lo golpearon más que cualquier bofetada.

Iván bajó el altavoz, miró a su alrededor y se dio cuenta de que estaba solo.

Más solo que nunca.

Cuando se fue, el murmullo volvió, pero no eran risas. Eran susurros incómodos.

Como si todos hubieran entendido algo… que él aún no podía asumir.

El que escupe hacia arriba…
a veces solo está buscando que alguien lo mire.

Capítulo 31 -

LAS COSAS QUE NO SE DICEN

La puerta del piso 3B se cerró con un chasquido seco.

Iván ni siquiera intentó que sonara diferente.

El pestillo no encajaba del todo y el pomo colgaba flojo, como todo en esa casa.

El pasillo olía a grasa rancia y a detergente barato.

El aire parecía pesado, sin abrir desde hacía días.

La tele soltaba el volumen justo para que nadie se escuchara entre sí.

Su madre estaba en el sofá, con el cigarro colgando de los labios y la mirada perdida en un programa donde nadie decía nada con sentido.

El padrastro —ese tipo que no tenía nombre propio para él— dormía con la barriga fuera, el mando encajado entre los dedos y los pies descalzos sobre la mesa.

—Ya has vuelto —dijo su madre sin apartar la vista de la pantalla.

—Sí.

—Han llamado del instituto. Algo de una cita con la orientadora.

—Vale.

—¿Te han pillado haciendo algo?

—No.

—Pues no me metas en tus mierdas, Iván. Bastante tengo.

Y ya está.

Ese fue su saludo.

Su bienvenida.

Su casa.

Entró a su habitación. El colchón estaba hundido en el centro. La litera superior vacía desde hacía años. Había sido de un primo que estuvo allí seis meses y luego desapareció de su vida. Nunca preguntó por él. Tampoco habría servido de mucho.

Se dejó caer de espaldas. El somier crujió como si se quejara. Pero era el único que lo hacía en esa casa.

El techo estaba manchado de humedad.

En una esquina, una telaraña que ya consideraba parte del decorado.

No había pósteres, ni fotos, ni trofeos, solo una mesa rota, dos zapatillas sin cordones, y una lámpara de escritorio con el cuello partido.

Y un cajón. Su cajón.

Abrió la libreta negra que escondía desde hacía años.

No escribía en ella, solo guardaba cosas.

Allí estaba.

La carta.

Amarillenta. Doblada en cuatro.

El sobre con el logotipo del centro penitenciario tachado con rotulador rojo.

No te dejes joder por nadie.
Sé fuerte.
No perdones.
Nadie lo hará por ti.
Papá

La había leído tantas veces que se la sabía de memoria, pero esa noche, algo en ella le sonó diferente.

Más hueco.

Más triste.

¿Y si perdonar no era debilidad?

¿Y si guardar todo ese veneno era justo lo que le estaba matando por dentro?

Recordó el momento exacto en el que Claudia se le plantó delante. Con la pulsera roja. Con los ojos llenos de dignidad. No rabia. **Dignidad.**

«¿O solo te jode ver que alguien sí fue capaz de amar… aunque fuera tarde?».

No podía quitárselo de la cabeza.

Miró el móvil. El grupo «Los Legend» estaba vacío.

Silencio.

Ni un «buenas risas hoy» ni un «te pasaste, *bro*». Nada.

Lo habían dejado solo. Una vez más.

Pero esta vez, **dolía diferente**.

Desde el comedor, la voz de su madre:

—¿Te has metido en líos o no?

—No.

—Pues hazme el favor y no vengas llorando si te echan. Bastante tengo con el inútil de tu padrastro.

Iván no respondió, apagó la luz y volvió a cerrar el cajón.

La carta seguía allí y, por primera vez en años, **no le apetecía leerla otra vez**.

Se tumbó bocarriba, con las manos entrelazadas tras la cabeza.

Se preguntó qué habría pasado si él hubiera tenido a alguien como Elena. Alguien que se hubiera quedado. Alguien que, aun con errores, hubiese estado.

Se imaginó con una madre que le mirara como Elena miró a Claudia.

O como Irene abrazó a Hugo.

O como Bruno la miraba a ella en aquel vídeo del acto.

Y, por primera vez, en mucho tiempo… **Iván no se sintió fuerte.**

Ni rebelde.

Ni valiente.

Se sintió **triste**.

Hay dolores que se heredan sin querer.
Y otros que uno mismo cultiva
sin saber cómo dejar de regarlos.

Capítulo 32 -

EL ECO DE UNA CARTA

La carta llegó doblada en tres, con el membrete del instituto y una caligrafía limpia, temblorosa, inconfundible: **Elena**.

La directora la entregó a Claudia durante el recreo. Sin decir una palabra, solo con una mirada que contenía algo parecido a respeto o a deuda.

Claudia la abrió despacio, como si desdoblara algo más que papel.

Leo, Irene y Hugo se acercaron al instante.

Leyó en voz alta:

No sé si merezco lo que hicisteis por mí. No sé si alguna vez podré devolveros lo que me habéis regalado, pero sí sé que si hoy sigo en pie, es porque cosotros me sostuvisteis cuando no quedaba suelo.

No he vuelto al instituto aún. No por miedo, sino porque necesito reconstruirme con calma.

Pero quiero que sepáis algo. vuestra historia... ya no es solo vuestra.

Una fundación educativa ha contactado conmigo. Han visto el vídeo del acto y quieren que dé una charla en su ciclo de jornadas por la salud emocional juvenil.

No voy a hacerlo sola.

Quiero que vosotros estéis allí.

Que hablemos.

Que contemos la verdad, la vuestra, la mía, la de tantos que aún no se atreven.

Es solo el principio.

Si queréis, claro.

Pero si decís que sí, llevaremos esta historia a donde de verdad puede cambiar algo.

Con todo lo que soy —y lo que aún estoy intentando ser—.

Elena.

El silencio que siguió fue distinto al de otros días.

No era pena.

Ni peso.

Era algo parecido a esperanza.

Claudia dobló la carta con mimo.

—Yo voy.

—Yo también —dijo Hugo.

Irene y Leo asintieron sin dudar.

Y allí, bajo el árbol del patio, sin cartel ni pancarta , **comenzó el nuevo capítulo**.

Un acto más grande.

Con otros institutos.

Otros alumnos.

Otras historias.

Y un escenario donde las verdades no se silenciarían con memes ni burlas.

Lo que no sabían era que Iván, al fondo del patio, **escuchó la última frase**.

Y esa carta… también empezó a remover algo en él.

Cuando la verdad empieza a moverse…,
es imposible volver a encerrarla en una sola historia.

Capítulo 33 -

ANTES DEL SALTO

Apenas quedaban cinco días.

El acto tendría lugar en un auditorio de la ciudad, con más de mil alumnos de distintos institutos, cámaras, psicólogos invitados, docentes, familias.

Y ellos…, que **no eran más que un puñado de chicos con heridas aún abiertas**.

Ensayaban en el aula de audiovisuales. Pero más que ensayar, se desbordaban.

—No voy a poder hacerlo —dijo Leo, bajando la vista.

—Sí vas a poder —respondió Claudia.

—¿Y si me trabo? ¿Y si me pongo a llorar?

—Entonces lloras. Y hablas llorando. Como hicimos todos.

Irene llevaba tres noches sin dormir.

Se lo notaba en la mirada.

—Tengo miedo, de que esto no sirva, de que contemos todo… y nada cambie.

Hugo le puso la mano en el hombro.

—Entonces habremos hecho lo correcto. Porque, al menos, lo contaremos.

Cada uno escribió su parte.

Las palabras dolían.

Quemaban.

Hugo habló de las noches en la calle.

Claudia escribió sobre el día en que quiso desaparecer.

Leo compartió su intento de encajar con quienes nunca le aceptaron.

Irene escribió sobre el aborto y sobre el amor que aún sentía por Hugo, aunque doliera.

Pero esa noche, al volver a casa…

Claudia colapsó.

Se encerró en su cuarto.

Se tiró al suelo, temblando.

Recordó la cuchilla.

El agua.

La voz de su madre gritando al entrar.

No podía hablar de eso delante de desconocidos.

No sin romperse.

Su madre entró.

La encontró encogida en la alfombra.

—No tienes que demostrarle nada a nadie, hija. Solo a ti. Y tú ya lo estás haciendo.

Claudia la abrazó por primera vez en mucho tiempo. Y lloró sin esconderse.

Mientras tanto, **Iván vagaba por las calles**.

No sabía por qué.

No sabía a dónde.

Pero acabó frente al cartel del evento.

Jornada de Voz Juvenil - Escuchar también es educar.

Su mirada se detuvo en una frase al pie:

Con la participación especial de los alumnos del IES N.º 1.

Y supo que ellos estarían allí.

124

Hablando.

Brillando.

Siendo escuchados.

Y algo dentro de él **se quebró**.

Pero aún no sabía si era envidia o arrepentimiento.

Volvió a casa, **abrió el cajón con la carta de su padre y la rompió. Despacio. Sin rabia.**

Después abrió el navegador, buscó el evento y reservó una entrada **a nombre de otra persona para que nadie supiera que estaría entre el público.**

Antes de cada salto...
hay un momento en que todo tiembla.
Hasta el corazón.

Capítulo 34 -

LAS VERDADES QUE TIEMBLAN

El auditorio estaba lleno.

Más de mil alumnos.

Docentes. Psicólogos. Padres. Cámaras.

Y un silencio expectante que podía cortarse con las uñas.

Las luces se atenuaron.

Una melodía suave sonaba de fondo.

Y en el escenario, cinco sillas vacías esperaban.

Claudia, Hugo, Irene, Leo… y Elena.

Juntos, respirando al mismo tiempo en el pasillo lateral. Como si ese aire fuera el único escudo que tenían.

—Esto no es un acto. Es un grito —susurró Claudia.

Y entonces salieron.

Iván los vio entrar desde la fila 14, asiento 9. Iba con una sudadera gris, la capucha baja y el corazón encogido.

Nadie sabía que estaba allí. Y él aún no sabía si había ido para escuchar o para huir.

La primera en hablar fue Irene.

Su voz temblaba, pero no bajó la mirada.

—Tenía quince años cuando me quedé embarazada. Y en ese momento, creí que el mundo me odiaba. Lo oculté. Me tragué el miedo. Me tomé una pastilla que me prometía que todo desaparecería.

Se quedó en silencio.

Un segundo. Dos.

—Pero el miedo no desaparece. Solo cambia de forma.

Hugo se levantó, caminó hasta ella, le cogió la mano y todo el auditorio se quedó sin aliento.

Claudia fue la siguiente.

Sus pasos eran lentos.

Su respiración, quebrada.

—El *bullying* no siempre es evidente. A veces es un mensaje, una mirada, una risa contenida. —Pausa—. Durante meses…, cada vez que me miraba al espejo, me odiaba. Pensé en irme. Pensé que no importaba a nadie. Pero sobreviví. —Tragó saliva—. No por ser fuerte, sino porque alguien, al fin, me escuchó.

Silencio.

Y entonces, aplausos. Suaves. Reales.

Leo habló de su intento fallido de pertenecer.

Del robo.

De la traición.

—Lo hice porque quería ser aceptado. Porque era más fácil ser alguien para otros que ser yo mismo. —Bajó la cabeza—. Y aún no me perdono. Pero estoy aprendiendo a no odiarme.

Y entonces habló Elena.

Todo el auditorio se encogió cuando subió al atril.

Llevaba la pulsera roja y una carta arrugada en la mano.

—Esta carta la escribí a Bruno, el hijo al que no supe cuidar, el que no supo quién era yo y al que perdí sin despedirme. —La voz se le quebró, pero siguió—. Durante años me castigué por ser débil. Por callar. Por no gritar que también tenía derecho a equivocarme.

Miró al público.

Los ojos vidriosos.

—Y hoy, por primera vez…, no estoy aquí para que me perdonéis. Estoy aquí para que nos escuchemos. Para que sepamos que todos... **cargamos con algo**. **Y todos merecemos que alguien lo sepa.**

Iván no podía respirar.

Sus ojos se clavaron en Elena.

Y luego en Claudia.

Y luego en Hugo.

Y algo dentro de él **empezó a romperse**.

No el odio, no la rabia, sino **la coraza**. La que había construido para que nadie supiera lo mucho que dolía no importar.

Al final del acto, nadie se levantó.

Nadie habló.

Nadie interrumpió.

Solo hubo un largo aplauso.

Largo.

Honesto.

Silencioso.

Y, mientras todos aplaudían , **Iván se levantó y se fue sin ser visto.**

Pero no... sin ser tocado.

A veces, no hace falta pedir perdón en voz alta.
Basta con que el silencio empiece a doler de otra forma.

Capítulo 35 -

LA GRIETA

La ciudad despertaba con resaca emocional.

Las redes ardían.

El vídeo del acto había superado ya las quince mil visualizaciones en menos de veinticuatro horas.

Los medios locales hablaban de «un testimonio desgarrador» y de «una generación que ya no quiere callar».

Pero **Iván no había dormido**.

El discurso de Elena, las lágrimas de Claudia, la mirada de Hugo… **le daban vueltas en la cabeza como un eco que no quería irse**.

Ese domingo, su casa seguía igual.

Su madre dormía en el sofá, con el cigarro apagado en el cenicero.

El padrastro roncaba con la camiseta levantada hasta el pecho.

Iván se encerró en su cuarto, encendió el ordenador y volvió a ver el vídeo.

Tres veces.

Deteniéndose en los detalles: cómo temblaban las manos de Irene, cómo Hugo contenía el llanto, cómo Elena se quebraba al hablar de sus hijos que no pudo salvar.

Y, de pronto, algo lo sacudió.

Elena se parecía tanto a su madre y, al mismo tiempo, no se parecía en nada.

Iván tomó su sudadera y salió.

Caminó sin rumbo, hasta que, sin quererlo, terminó frente al instituto.

Vacío. Silencioso.

Se sentó en el bordillo del *parking*.

Sacó el móvil y buscó el número que nunca había usado. **El de la orientadora.**

No sabía qué iba a decir, pero escribió.

«Hola. Soy Iván. ¿Puedo hablar con usted? Es sobre mí. No sé por dónde empezar».

Y envió el mensaje.

Sin borrarlo.

Sin pensarlo mucho.

Lo leyó cinco veces después de enviarlo. Cada vez, con el corazón más apretado. Y, justo cuando pensaba que no obtendría respuesta

«Por supuesto, Iván. Estoy aquí. Ven mañana a primera hora, si puedes. No hace falta que sepas cómo empezar. Solo ven».

Cerró los ojos, apoyó la cabeza contra la verja del instituto y se permitió llorar.

Solo un poco.

En silencio.

Sin testigos.

Como siempre.

Pero esta vez… algo era diferente.

A veces, el primer paso no suena fuerte.
Suena como un susurro en medio del miedo.
Pero, aun así , es un paso.

Capítulo 36 -

DONDE EMPIEZA EL RUIDO

Lunes. 8:07.

El instituto aún olía a pasillos fríos y tiza.

El timbre no había sonado, pero la tensión ya estaba en el aire.

Iván pasó por la puerta como si fuera invisible.

Sudadera con capucha, mochila vacía, pasos cortos.

Las miradas ya no lo seguían con respeto , lo seguían con duda.

Se detuvo ante la puerta de orientación.

Una placa metálica medio despegada.

Tocó. Nadie respondió.

Empujó despacio. Y ahí estaba, **la orientadora,** sentada, con las gafas puestas, hojeando un expediente.

Uno que cerró rápido , demasiado rápido, cuando lo vio entrar.

—Iván.

—Hola.

Silencio. Tenso. Casi doloroso.

—¿Quieres sentarte?

Lo hizo. Pero no supo dónde poner las manos. Ni los ojos.

—He visto el vídeo del acto —dijo ella.

—No vine por eso —contestó él.

—¿Por qué entonces?

—No sé.

La orientadora asintió.

Se apoyó en el respaldo.

—A veces el «no sé» es más honesto que cualquier otra cosa.

—No vine a llorar ni a contar penas, ¿vale?

—No tienes que hacerlo.

Silencio.

Otra vez.

El tic-tac del reloj era lo único que hablaba.

—¿Tú sabías lo de Elena? —preguntó él de golpe.

Ella lo miró. Vaciló.

—¿Lo de Bruno?

—¿Y lo de la otra chica? Ariadna.

La orientadora bajó la mirada, se quitó las gafas, respiró hondo.

—Lo intuía. Pero no estaba segura. Y no era mío decirlo.

Iván frunció el ceño.

—¿Y por qué nadie hizo nada?

—¿A qué te refieres?

Se incorporó. Ya no estaba tranquilo.

—Ella tenía dos hijos y los perdió a los dos. Uno murió sin saber que era su madre. La otra se quitó la vida y no hizo nada. Y ahora todos la aplauden como si fuera una santa.

La orientadora se le quedó mirando, en silencio. Y luego dijo:

—¿Por qué te duele tanto?

Iván tragó saliva. No respondió porque no lo sabía. O, quizá , sí lo sabía.

Entonces ella se levantó, fue a una estantería y buscó algo.

Sacó una caja pequeña, metálica, con iniciales grabadas: **«R. E. H.»**. La abrió.

Dentro, fotos antiguas, cartas, informes de menores.

—¿Sabías que tu madre intentó entregarte a los servicios sociales cuando tenías cuatro años?

Iván se quedó helado.

—¿Qué?

—No lo logró. Pero el expediente existe.

La orientadora colocó un documento frente a él.

Borrones. Firmas.

Un nombre que no conocía.

—¿Qué es esto?

Ella le miró con algo parecido a compasión.

—Una historia que no te han contado. Y que, quizá , no estás solo en ella.

Iván se levantó de golpe.

—¿Estás diciendo que…?

—Estoy diciendo que, a veces, nuestras vidas se cruzan… **mucho antes de que lo sepamos**.

No todos los secretos duelen por lo que ocultan...,
sino por lo que empiezan a despertar.

Capítulo 37 -

Y ENTONCES ME DOLIÓ

Desde que escuchó aquella conversación, Iván ya no podía mirar a Elena sin sentir un nudo en el pecho.

No debería afectarle.

Ella no era su madre.

Bruno no era su amigo.

Ariadna no era nadie para él.

Y, sin embargo…, **todo eso le dolía**.

Como si, en lo más profundo, él también formara parte de esa historia rota.

No dijo nada a nadie.

No habló con Claudia, ni con Hugo, ni siquiera con Leo.

Guardó el secreto como si fuera suyo. **Como si al escucharlo, lo hubiera heredado.**

Pero el cuerpo no miente.

Y el alma…, menos.

Se volvió más huraño.

Más ausente.

Más irritable.

Hasta que una tarde, durante la tutoría, Elena entró al aula.

Lo miró. Y **él no pudo sostenerle la mirada.**

Esa noche, no fue a casa directamente.

Caminó durante horas.

Pensando en Bruno, un chico que lo había defendido más de una vez, que no le debía nada, que ahora estaba muerto.

Y que nunca supo quién era su madre.

Pensó en Ariadna. La chica misteriosa, casi un fantasma para los demás, que se quitó la vida mientras todos miraban hacia otro lado. Y que también había sido hija de Elena.

Y entonces se preguntó por primera vez: «¿Cuántas vidas se rompen por las cosas que no se dicen? ¿Cuánta gente como yo se pierde por no encontrar a tiempo a alguien que se quede?».

Se sentó en un banco.

Sacó el móvil, abrió la galería, miró una foto de hace años con su madre, en una comunión ajena, ambos fingiendo una sonrisa.

Ambos deseando estar en otro sitio.

Y, sin saber por qué, sintió que llorar era **lo único honesto que podía hacer**.

Pero no lo hizo.

Solo cerró los ojos.

Y, en su mente, la imagen de Elena se mezclaba con la de su propia madre.

No porque fueran iguales, sino porque **ambas le dolían. De formas distintas**.

El dolor ajeno solo duele tanto...
cuando nos recuerda al nuestro.

Capítulo 38 -

LO QUE NO DIJE A TIEMPO

Iván se apoyó en la puerta, sin atreverse a tocar.

La sala de profesores estaba casi vacía.

Solo quedaba Elena, de espaldas, recogiendo papeles en su bolso.

La luz mortecina de la lámpara de techo caía sobre ella como un foco de interrogatorio.

Y, aun así parecía pequeña. **Rota.**

Él tragó saliva.

Entró. Sin avisar.

Elena se giró al notar su presencia.

No se sorprendió. Solo lo miró.

—Iván.

No dijo más.

No preguntó.

—Yo —empezó él— fui yo quien lo dijo.

Elena bajó la mirada. Se sentó despacio en la silla más cercana.

No lloró.

No gritó.

Solo asintió.

—Lo sabía.

El silencio pesó más que cualquier palabra.

Iván siguió de pie, como si no mereciera sentarse.

—Lo escuché. Sin querer. Lo juro.

—Y, luego…, ¿por qué lo contaste?

Iván respiró hondo. Cerró los ojos un momento.

—No lo sé. Me dolió. Me dolió tanto que necesitaba que doliera en voz alta. Que los demás también lo sintieran. Que tú no te fueras de rositas.

Elena asintió otra vez, con una serenidad que descolocaba.

—¿Y ahora? —preguntó.

—Ahora…, no sé cómo llevarlo. Porque, cuando te miran, te miran con lástima. Pero, cuando me miran a mí, solo ven al cabrón que destapó algo que no era suyo.

Elena lo observó. Luego, con una voz suave, sin reproche, dijo:

—No fuiste tú quien me rompió. Yo ya venía rota. Tú solo abriste una herida que yo nunca cerré bien.

Iván apretó los puños.

—No lo hice por maldad.

—Lo sé.

Silencio.

—¿No me odias? —preguntó él.

—No. Te entiendo. Y eso…, a veces, duele más.

Iván no supo qué decir.

—Yo no tengo madre —susurró él, más para sí que para ella—. No como los demás. No como tú con tus hijos. Al menos, tú lo intentaste. Yo ni siquiera sé lo que es eso.

Elena se levantó despacio. Se acercó. Y, sin tocarlo, con la voz apenas audible, dijo:

—Entonces deja de castigarte, Iván. No por mí. **Por ti.**

Él se quedó quieto. Sin poder responder.

Con los ojos vidriosos, el pecho apretado y la garganta hecha un nudo.

Ella se marchó sin más.

Y, por primera vez, Iván se sintió pequeño. No por debilidad. **Por haber estado demasiado tiempo luchando solo.**

Hay guerras que uno libra sin darse cuenta...
hasta que se encuentra con alguien
que dejó de luchar por agotamiento.

Capítulo 39 -

EL ECO DE LO QUE FUIMOS

La noticia ya no era viral.

Las redes habían bajado el volumen.

Los vídeos del acto, los comentarios, las lágrimas **habían quedado atrás**.

Pero en los pasillos del instituto el silencio seguía cargado.

Ya nadie se reía como antes. Nadie empujaba a Claudia sin querer. Nadie hacía comentarios sobre Irene y Hugo.

Y, cuando Iván pasaba, **bajaban la mirada**.

No por miedo. Por respeto.

O, quizá , por entender que había cosas que ya no se podían deshacer.

Claudia volvió a clase una semana después. Con la manga del jersey un poco más larga. El rostro más pálido. Pero los ojos **más firmes**.

Entró sin avisar. Se sentó en su sitio. Y, cuando un par de chicas intentaron acercarse con frases de consuelo vacío, ella solo dijo:

—No quiero pena. Quiero que si alguna vez ves a alguien como yo…, **no mires a otro lado**.

Irene caminaba más despacio por los pasillos. Hugo no se despegaba de ella. Ya no se escondían ni fingían.

Él la esperaba cada día a la salida. La tomaba de la mano sin miedo. Y, cuando alguien murmuraba algo, él simplemente la miraba con calma, **como quien ya ha pasado por el infierno y no piensa agachar la cabeza por sobrevivir.**

A veces, se sentaban en el patio después de clase. No hablaban mucho. Solo se quedaban allí, compartiendo un silencio distinto. **Uno que no pesaba, porque ya habían aprendido a sostenerlo entre los dos.**

Elena seguía dando clase.

Ni una lágrima.

Ni una ausencia.

Pero sus ojos... **eran distintos.**

Más suaves.

Más humanos.

Como si haber contado su verdad la hubiera liberado de una cadena que arrastraba desde hacía años.

Y cuando alguien la miraba con compasión, ella sonreía con dignidad. No como víctima, **sino como alguien que ya no esconde su historia.**

Iván caminaba en silencio. No había cambiado de golpe, pero algo en él se había roto.

Y por eso... **empezaba a reconstruirse.**

Ya no escupía veneno.

Ya no buscaba guerra.

Y, aunque todavía no se había perdonado, **había dejado de odiar.**

Y eso... ya era una forma de paz.

No fue un acto, ni una muerte, ni una carta lo que los cambió.
Fue mirar al dolor de frente
y elegir no seguir escondiéndose de él.

Capítulo 40 -

LO QUE CALLAMOS NOS ROMPÍA MÁS

Era viernes. El último día antes del puente.

Las clases habían terminado, pero ninguno se fue directo a casa.

Uno a uno, como si lo hubieran intuido, fueron apareciendo junto al mirador del barranco, ese lugar donde todo comenzó a torcerse y donde, quizá, algo podía empezar a recomponerse.

Leo estaba allí sentado mirando al mar.

Claudia llegó y no dijo nada. Se sentó en el muro cerca de Leo, con la vista perdida en el horizonte.

Iván apareció después. Al verlos, dudó, pero no dio media vuelta.

Se sentó cerca. No al lado. Solo lo suficiente para que el silencio no doliera.

Hugo llegó con las manos en los bolsillos, la mirada baja.

Irene, un paso detrás.

Nadie dijo «hola». Pero tampoco hacía falta.

Durante un rato, solo se oyeron pájaros. Y viento.

Hasta que Iván rompió el silencio:

—Yo la cagué. No voy a justificarlo. Solo quiero que lo sepáis.

Claudia no lo miró, pero habló.

—Todos la cagamos. A veces en voz alta. A veces en silencio. Pero, al final…, todos sangramos por dentro.

Irene tragó saliva.

—Yo también me equivoqué. Pensé que el amor nos haría inmunes. Y, al final, lo usamos para escondernos del miedo.

Hugo bajó la cabeza. Se acercó a ella y, por primera vez en mucho tiempo..., **habló para todos**.

—A veces me pregunto si valgo algo más que para salir corriendo. Pero ese día, con el test de embarazo en la mano, cuando me miraste con miedo..., supe que tenía que quedarme. Aunque no supiera cómo.

Irene lo miró. Y, por fin, lloró. No por dolor. **Por soltar.**

Claudia los observó a todos. Y entonces se levantó. Los miró uno a uno.

—Yo no quería morir. Solo quería dejar de sentirme invisible. Y esa noche... pensé que era la única salida.

Iván tragó saliva.

—Yo te veía.

—Pues no hiciste nada —le reprochó Claudia, sin odio, pero con verdad.

Iván asintió.

—Porque yo también quería desaparecer.

El viento se levantó con fuerza.

Nadie se movió.

Los ojos llenos.

Los pechos abiertos.

Las culpas flotando, pero sin caer.

Por primera vez, estaban **juntos de verdad**.

No como grupo, sino como **supervivientes de una guerra que no se atrevieron a contar.**

No somos lo que hicimos.
Somos lo que decidimos hacer después de rompernos.

Capítulo 41 -

Y, AL FINAL..., NOS VIMOS DE VERDAD

El sol comenzaba a caer, tiñendo el cielo de fuego.

El mar rompía abajo, constante, como si quisiera recordarles que la vida seguía, incluso cuando ellos se sentían rotos.

Claudia, Hugo, Irene, Iván y Leo estaban allí. Sentados en el muro. Ya sin distancias. Sin máscaras. Sin miedo.

Nadie hablaba. Pero en los ojos de todos... **había paz.**

Claudia tomó la mano de Irene.

Irene recostó su cabeza sobre el hombro de Hugo.

Iván miró a Leo y por primera vez le sonrió.

Leo, con los ojos húmedos, asintió sin decir nada. **Ese gesto fue su perdón. Y también su abrazo.**

A lo lejos, tras un sendero escondido entre los pinos, **Elena los observaba.** Sola. En silencio. Con el corazón en un puño y una lágrima a punto de caer. Pero no de tristeza, **de alivio.** Porque por fin entendía que su historia, su caída, su verdad **había servido para algo.**

No los salvó.

No los arregló.

Pero **les dio el valor para mirarse, para perdonarse, para quedarse.**

Y, cuando Claudia levantó la vista y la vio, no dijo nada. Solo sonrió.

Y en cadena, uno a uno, los demás también lo hicieron.

No necesitaban hablar.

Ya se lo habían dicho todo.

Con el dolor.

Con las lágrimas.

Con la verdad.

Elena sonrió también.

Una lágrima resbaló por su mejilla.

Y, sin hacer ruido…, **se marchó.** Con el alma rota. Pero en paz. Porque, al final…, **habían sobrevivido. Juntos.**

No todos los finales son felices.
Pero algunos… sanan.

Epílogo -

TODO LO SABÍA

Creyeron que lo sabían todo.

Que la vida era invencible.

Que los errores se corregían solos.

Que el amor bastaba.

Que el dolor era cosa de adultos.

Que los padres exageraban.

Que la muerte era ajena.

Que el futuro era lejano.

Que lo suyo no dolía tanto como para contarlo.

Que el silencio era más seguro que la verdad.

Todo lo sabían.

Y, aun así , **nadie los escuchó**.

Los ignoraron cuando gritaban con gestos.

Les cerraron la puerta con normas.

Les dejaron solos en habitaciones llenas de ruido.

Y el peso de no ser escuchados **multiplicó cada herida, cada decisión, cada error**.

Porque, a veces, cuando nadie te mira, **dejas de mirarte tú también**.

Y fue entonces, cuando la vida los puso contra el suelo, que por fin entendieron:

Que no lo sabían todo.

Que nadie lo sabe.

Y que lo único que realmente importa es tener con quién hablar cuando ya no puedes más.

Creyeron que lo sabían todo.

Pero no sabían cuánto dolía no ser escuchados.

Y, cuando al fin lo dijeron en voz alta, la verdad no los rompió. Los unió.

ÍNDICE